掌中書
034

看懂蘇東坡嶺南詩文【下】

林嘉雯——著

五南圖書出版公司印行

學識新知‧與眾共享

——單手可握，處處可讀

「眞正高明的人，就是能夠藉助別人智慧，來使自己不受蒙蔽。」蘇格拉底如是說。二千多年後培根更從積極面，點出「知識就是力量」。擁有知識，掌握世界，海闊天空！

可是：浩繁的長篇宏論，時間碎零，終不能卒讀。

或是：焠出的鏗鏘句句，字少不成書，只好窖藏。

於是：古有「巾箱本」，近有「袖珍書」。「巾箱」早成古代遺物；時下崇尚短露，已無「袖」可藏「珍」。

面對：微型資訊的浪潮中，唯獨「指掌」可用。一書在手，處處可讀。這就是「掌中書」的催生劑。極簡閱讀，走著瞧！

輯入：盡是學者專家的眞知灼見，時代的新知，兼及生活的智慧。

希望：爲知識分子、愛智大眾提供具有研閱價值的精心之作。在業餘飯後，舟車之間，感悟專家的智慧，享受閱讀的愉悅，提升自己的文化素養。

五南：願你在悠雅閒適中……

慢慢讀，細細想

「掌中書系列」出版例言

一　本系列之出版，旨在爲廣大的知識分子、愛智大眾，提供知識類的小品，滿足所有的求知慾，使生活更加便利充實，並提升個人的一般素養。

二　本系列含括知識的各個層面，生活的方方面面。生活的、人文的、社科的、藝術的，以至於科普的、實務的，只要能傳揚知識、增廣見聞，足以提升生活品味、個人素養的，均輯列其中。

三　本系列各書內容著重知識性、實務性，兼及泛眾性、可讀性；避免過於深奧，以適合一般知識分子閱讀的爲主。至於純學術性的、研究性的讀本，則不在本系列之內。自著或翻譯均宜。

四　本系列各書內容，力求言簡意賅、凝鍊有力。十萬字不再多，五萬字不嫌少。

五　爲求閱讀方便，本系列採單手可握的小開本。在快速生活節奏中，提供一份「單手可握，處處可讀」的袖珍版、口袋書。

六　本系列園地公開，人人可耕耘，歡迎知識菁英參與，提供智慧結晶，與眾共享。

叢書主編

二〇二三年一月一日

序

蘇東坡用他跌宕起伏的生命，書寫有宋一朝最深情的詩文，用他一生的失與得，讓讀他的人都獲得了安慰。

蘇東坡可以是每一個人的朋友，讀他的故事，總能收穫疏朗。記東坡的詩詞，總能受到療癒，在某些動心時刻，又能成爲最美的代言。

如果以茶來比喻東坡的詩文，早年有如臺灣高山清茶，馥郁的芬芳令人驚喜。中年像岩茶、鐵觀音，貴在回味無窮的神韻。而晚年的詩文，則如同千年普洱古樹茶，獨有的氤氳茶氣，可使血脈暢通。

如果以水來比喻東坡詩文，早年是娟秀山溪，清新可喜；中年是豪壯江河，胸懷千里；晚年無疑是遼闊的大海，從血淚中釀出天風海濤之音。

感謝五南出版社願意分享古典文學的喜悅，感謝雨潔及編務夥伴細心協助成就此書，感謝行天宮社會大學的同仁與同學們多年來對講學的支持……，秋來結果，都是諸多因緣的成就。

林嘉雯

目錄

第十二章　北歸中原

第七章 難上加難，更謫海南

朝雲逝後，大兒蘇邁接到任命，到嶺南韶州仁化縣當縣令，韶州鄰近惠州。於是蘇邁帶上自己的小家庭，以及老三蘇過的妻兒，前往嶺南一起住到白鶴峰新家。因此東坡傾盡所有，擴建了白鶴峰山居。

從蘇邁接到任命，整裝搬家，及至眞的抵達韶州，至少花了八個月時間。然而人還在路上，就被解除官職了。什麼理由呢？因爲新制，朝廷修改了律法。

宋朝律法本來規定，父子不能在同州做官，所以蘇邁不是被分配到惠州做縣令，而是在附近鄰州當縣令。但等蘇邁快到韶州時，竟推出一則新法，親人不可以在鄰州做官。還沒赴任，就被卸任。

而東坡卻已花光他所有的積蓄，本來指望的是蘇邁的縣令收入，又轉眼成空。這一來確實把東坡急壞了。東坡寫信給廣州州長王古求救說：「**食口眾多，不知所爲計。**」

本來蘇邁的小家庭在常州過得好好的，東坡在惠州也漸漸安定。偏偏有人見不得東坡日子好過，故意調蘇邁到韶州，然後又不給他上任。能這麼拿捏東坡習性的人，必定是曾經很了解東坡的人。

一、慶團圓

無論如何，總是家人團圓。雖然二兒蘇迨的小家庭仍然留在常州宜興。

白鶴山居在紹聖四年二月完工，蘇邁帶著家人於閏二月抵達，時間剛剛好。祖孫三代，終於團聚白鶴峰上。兒孫繞膝下，在憂愁煩惱之外，東坡還是感到欣慰：「**長子邁，與予別三年矣，挈攜諸孫，萬里遠至，老朽憂患之餘，不能無欣然。**」

東坡在惠州，常常受到兩位太守的照顧，一位是惠州太守，一位是循州太守，所以新居剛蓋好，就寫詩邀約他們來白鶴峰山居聚會。這兩位太守分別是新任的惠州太守方子容和鄰州循州太守周彥質。

而前任十分照顧東坡的惠州太守詹範已經罷官離開了。有說詹範是因為對東坡太好，所以被罷免，而非調任。但是新任的太守方子容，對東坡仍然還是一樣的好。那個時代的人，很多都是有骨氣，不屈服的。

東坡有詩〈次韻惠循二守相會〉：

共惜相從一寸陰，酒杯雖淺意殊深。
且同月下三人影，莫作天涯萬里心。
東嶺近開松菊徑，南堂初絕斧斤音。
知君善頌如張老，猶望攜壺更一臨。

聚散從來無常，唯有牢牢把握住這一刻還能相處的短暫時光，酒淺情深，能聚一回是一回，**「且同月下三人影，莫作天涯萬里心。」**別想著以後可能要天涯萬里，只要現在還能在一起，別管以後將如何結束，至少我們曾經相聚過。

陶淵明說：「三徑就荒，松菊猶存。」東坡說：「**東嶺近開松菊徑，南堂初絕斧斤音。**」我的新家剛落成，附近的松樹林裡，特意開闢了一條種滿菊花的小路，就像陶淵明隱居的地方一樣，是個可以採菊，可以悠然見南山的好地方。希望兩位使君可以帶酒過來一看究竟。

《禮記》裡提到，晉國獻文子新居落成時，士大夫們都前去祝賀，其中「張老曰：『美哉輪焉！美哉奐焉！歌於斯，哭於斯，聚國族於斯。』……君子謂之善頌善禱。」

張老說：「多麼美呀，高大寬敞、金碧輝煌！可以在這裡祭祀唱歌，也可以在這裡居喪哭泣，還可以在這裡聚會宗族！」……張老既稱讚了屋宇的豪華，也婉約提醒了適可而止，不能再更奢華了。因此被公認爲是善於祝福的人。

東坡說：「**知君善頌如張老，猶望攜壺更一臨。**」知道兩位太守大人像張老一樣，最善於祝福，希望你們能帶上酒壺，光臨我的新屋。

東坡請客來家，還理所當然的提醒客人要自己帶酒來。

轉眼暮春，山居歲月靜靜的流淌著，看似安定下來了，三月二十九日，東坡作詩兩首：

南嶺過雲開紫翠，北江飛雨送凄涼。
酒醒夢回春盡日，閉門隱几坐燒香。

雲過天青時，南山一片紫花綠樹。天晴時看山，天雨時看水，北窗飛雨連江，雨吹進屋來的都是凄涼。

窩在椅子裡，燒一炷香，喝一回酒，做一場夢，春天便到了盡頭！

門外橘花猶的皪，牆頭荔子已斕斑。
樹暗草深人靜處，卷簾欹枕臥看山。

雨過天晴，庭院的橘花開得芳香鮮明，一串串的小荔枝也冒出牆頭，長得有模有樣，顏色斑斕。春天過後，便可以期待著吃荔枝的夏天，吃橘子的冬天。柑橘類的花是都很香的，先享受花香，再享受果實。

新居在樹蔭底下，草木深處，涼爽而幽靜。捲起窗簾便是紫花翠樹的山嶺。此後再不用去跋山涉水的尋幽訪勝了，住家就在幽勝裡。我要看山，開門就見山，我要聽水，閉上眼睛就聽得江水潺潺。

如果能在這樣的山居光景裡，在子孫繞膝的白鶴峰上，如果東坡能就此安度晚年，那也是很美，很幸福的。

二、晴天霹靂，再謫離島

天有不測風雲，安穩不過兩個月，紹聖四年四月十七日，惠州太守方子容來訪，親自帶來誥命，以極為沉重的心情出示「**責授瓊州別駕，昌化軍安置**」的誥命。看到「責」這個字，便知又是處罰。

瓊州，在海南島；別駕，沒有收入的虛銜；昌化軍安置，將被限制行動在海南島的昌化軍。（昌化軍在宋神宗之前，叫儋州，宋神宗之後改為昌化軍。）

做過大官又被貶海南島的，雖不是前無古人，但唐代被貶謫海南島的名臣李德裕，只一年多便死在海南海口。可見貶謫東坡去海南島，除了要他受苦之外，根本就是要他的命。

東坡至少要面臨三個困難，首先是經濟的困難，旅費需要錢，搬家與安家都需要錢，但東坡爲了蓋白鶴峰山居，已經花光積蓄了。

其次是環境的困難，雖說還不至於是亞馬遜流域，但當時極偏鄉的生活不便，是現代人難以想像的。比如，買個米都要等船從大陸開過來。

還有溝通的困難，海南島的原住民很多都不講漢語。東坡那麼愛講話，愛交朋友的人，豈不是要悶死？

但州長方子容安慰東坡說：「此固前定，可無恨。吾妻沈素事僧伽謹甚。一夕夢和尚告別。沈問所往，答云：『當與蘇子瞻同行。後七十二日，當有命。』今適七十二日矣，豈非前定乎！」

方子容的妻子沈氏向來恭敬供奉泗州大聖僧伽和尚，在七十二天前的一個晚上，她夢見僧伽和尚來告別說，七十二天後準備和東坡一起離開這裡。現在剛好七十二天，可見這是命中的定數啊！

泗州大聖僧伽和尚，是唐朝時一位神通廣大的和尚，生前死後都有許多神異事蹟，被視爲觀音菩薩的化身。圓寂後歸葬泗州，故稱泗州大聖。在唐宋元明時期，是民間普遍的信仰，到處都有起塔供奉。

朝雲就埋葬在惠州西湖旁的泗州塔下，泗州塔供奉的就是泗州僧伽和尚。

東坡對泗州僧伽和尚也不陌生。治平三年（一〇六六），三十一歲時護送蘇洵的靈柩，走水路要回四川，當船由汴水要入淮河時，遇到逆風不能前進，船夫就勸東坡要「禱靈塔」。向泗州僧伽塔祈禱順風。「**我昔南行舟擊汴，逆風三日沙吹面。舟人共勸禱靈塔，**

香火未收旗腳轉。」東坡祈禱的香火還沒過，風向就轉了，逆風變順風。可見東坡對僧伽和尚的靈驗並不陌生。

聽了方子容妻子的夢，東坡說：「**余以謂事之前定者，不待夢而知。**」事有前定，這不用和尚來夢中說，我也知道。「**然余何人也，而和尚辱與同行，得非夙世有少緣契乎？**」只是我算什麼人呢，居然勞駕和尚暗中同行，難道是我與和尚宿世有緣？

對於沈氏的這個夢，多少還是給了東坡寄託和希望，知道自己是被神明守護的人。

三、拮据啓程行路難

雖說做好了心理準備，但現實的經濟仍是大問題，於是再次向世交廣州太守王古求救：「某慮患不周，向者竭囊起一小宅子。今者起揭，並無一物，狼狽前去。惟待折支變賣得二百餘千，不知已請得未？……必蒙相哀……恕其途窮爾。」東坡也不是要借錢，而是來到惠州兩年半的時間，應支的柴米糧票從來不曾支領過，現在非不得已才去要。累積的大約可以賣到二百餘千，想知道王古是否有幫他申請下來。雖不是借錢，東坡也開口得十分艱難，由於對理財太缺乏危機意識，如今要被押解上路，身上一點錢都沒有，狼狽得很。從東坡的用字遣詞「**必蒙相哀**」、「**恕其途窮**」可以看到，一文錢逼死英雄漢。苦苦相問，卻完全沒有下落，石沉大海，情何以堪，爲區區五斗米，折腰折成這樣，還是什麼都拿不到，實在狼狽。

東坡的急件，平日交好的廣州太守王古爲什麼完全沒有消息呢？直到東坡動身要離開惠州時，才知道，王古已經被貶官離開了。但王古什麼都沒跟東坡說，不知道是臨行太過倉促，不及道別，還是已經怕了，只要跟東坡要好的，都會被找碴。

東坡後來收到王古的回信，說有機會的話，路上再見。於是東坡再寫了最後一封信給王古，這封信不再卑躬無助，而是恢復仁人君子應有的堅毅本色。「**某垂老投荒，無復生還之望**」，我這把年紀了才被丟去荒野，已經做好心理準備，死在海外。「**昨與長子邁**

訣，已處置後事矣。」已經預先和子孫做過最後的訣別，身後事都交代好了。「今到海南，首當作棺，次便作墓，……生不挈家，死不扶柩，此亦東坡之家風也。」古代有扶柩回鄉安葬的習俗，而東坡知道從海南島運一口棺材回四川會太折騰子孫，於是預先留下遺囑，是處青山可埋骨，是由我東坡開始的家風，死在哪裡就葬在哪裡。生死都看開了，也就拋掉了所有內耗的心理負擔。

最後東坡說，「覼縷此紙，以代面別。」收到這封信，就當看到我這個人，無須再見了。

東坡在紹聖四年四月十七日，得到消息，通知再謫海南島。四月十九日就要被押解上路。兩天的時間要動身，搬家時間不夠，身上的錢也不夠。

東坡緊急安排大兒子蘇邁一家以及小兒媳母子留在白鶴峰生活，二兒子蘇迨依然留在常州宜興。兩個兒子都有安身之處，只帶小兒子孤身一人照顧東坡到海南島。

至於沒有現金，要怎麼踏上旅程，怎麼到海南島生活呢？於是變賣自己多年以來收藏的酒具。東坡的收藏大多是好東西，惠州有多少人能識得好東西？這時候只能賤賣。蘇軾〈和連雨獨飲〉：「**吾謫海南，盡賣酒器以供衣食，獨有一荷葉杯工制美妙，留以自娛。**」這個荷葉杯很可能是東坡在潁州所提過的琉璃杯，詩云：「**熔鉛煮白石**」，材質是琉璃；「**作玉眞自欺**」，看起來像玉，但不是玉。「**琢削爲酒杯，規摹定州瓷**」，仿照定州瓷的形制，「**荷心雖淺狹，鏡面良渺瀰**」，荷葉杯裝酒不多，但晶瑩剔透的琉璃看起來很深闊的樣子。東坡只留此盞隨身，餘皆變賣以應急。

四、遺澤惠州

東坡在惠州雖是一介流放的罪臣，無權無勢，仍然為惠州百姓做了不少事，記載下來的有：

1. 繪製秧馬，作〈秧馬歌〉，推廣稻苗插秧技術。
2. 建造水碓水磨，協助村民舂米、磨麥。
3. 修堤、建橋。
4. 規建公墓，掩埋曝骨。
5. 借表哥之力，增添軍兵營房三百多間。

6. 爲百姓爭取公平的賦稅。

東坡不管在哪個位置，總是以人民的安樂爲己任，力所能及的爲百姓做事。清代詩人江逢辰這麼說：「一自東坡謫南海，天下不敢小惠州。」

洪邁在《夷堅志》有一篇〈盜敬東坡〉：

> 紹興二年，虔寇謝達陷惠州，民居官舍，焚蕩無遺。獨留東坡白鶴故居，並率其徒，葺治六如亭，烹羊致奠而去。

《夷堅志》是一本地理志，記載地方的歷史。東坡逝後三十年，虔州的土匪在兵荒馬亂的年代，攻陷了惠州，到處燒殺擄掠。惟獨沒有破壞蘇東坡親自設計監造的白鶴峰山居。甚且還修葺了埋葬朝雲的六如亭，鄭重祭拜後離去。

次年（紹興三年），海寇黎盛犯潮州，悉毀城堞，且縱火。至吳子野近居，盛登開元寺塔見之，問左右曰：「是非蘇內翰藏圖書處否？」麾兵救之，復料理吳氏歲寒堂，民屋附近者賴以不爇甚眾。

隔年有海盜在潮州一帶燒掠，聽說吳子野家有東坡的藏書，不但緊急救火，還重修了吳子野家的祠堂，連帶著附近的民房都免於火災。由此可見東坡的深得民心，老百姓對他有著怎樣不可撼動的愛戴之情。最後洪邁忍不住說：

兩人皆劇賊，而知尊敬蘇公如此。彼欲火其書者，可不有愧乎。

雖然沒有點名道姓，但歷史都知道，宋徽宗下令盡燒東坡的文字、書畫、書集的雕刻板。洪邁作為南宋名臣，敢如此影射宋朝先皇，也是風骨。

五、難兄難弟

東坡在貶謫海南島的路上，才知道弟弟蘇轍也被貶謫到雷州。由於都是一接到命令就被迫馬上上路，彼此對各自的處境互相不知道。

「**吾謫海南，子由雷州，被命即行，了不相知。至梧乃聞其尚在藤也，旦夕當追及，作此詩示之。**」東坡到了梧州，才知道子由人還在藤州，相距大約一天的行程，於是寫詩要蘇轍稍等一等，兄弟兩個可以一起走。

東坡從惠州順著西江，坐船到梧州，在江邊聽到父老們說起蘇轍才剛過去，白髯鬚紅臉蛋，長得跟東坡一樣高，詩云：

江邊父老能說子，白鬚紅頰如君長。
莫嫌瓊雷隔雲海，聖恩尚許遙相望。

不要抱怨我們隔著天又隔著海，皇帝的恩惠還允許我們可以遙遙相望，已經很好了！

雷州和海南島相隔四十里。要以多麼高遠的眼界、寬廣的心胸，才能不看環境的惡劣，不看人心的歹毒，只看向渺茫的希望。哪怕相望不相見，也值得感激我們能看向彼此的方向。

「**天其以我為箕子，要使此意留要荒。**」武王伐紂之後，解放了殷紂王囚禁的大臣箕子，但箕子還是忠於商朝，不願意待在周朝的天下，於是自我流放到朝鮮去當難民。周武王知道之後就把朝鮮直接封給箕子，讓箕子管理朝鮮。箕子於是將農耕、蠶織，與禮法帶到朝鮮，教化了朝鮮成爲有文明的地方。

東坡說「天其以我爲箕子，要使此意留要荒。」貶謫海南島是老天爺派的任務，要我像箕子一樣，去教化重要的邊地荒島。

「他年誰作輿地志，海南萬里眞吾鄉。」將來如果有誰要作地理歷史，可以直接說，萬里之外的海南島，就是我蘇東坡的故鄉。這份直面逆境，勇於接受的豪情，誰說不是豁達呢？

紹聖四年五月十一日，東坡追上蘇轍，相遇於藤州，在陸游的筆記裡有這樣一則小故事。

道旁有鬻湯餅者，共買食之。粗惡不可食，黃門（蘇轍）置箸而嘆，東坡已盡之矣。徐謂黃門曰：「九三郎，爾尚欲咀嚼耶？」大笑而起。

天子的近臣都可以叫黃門，蘇轍當過副相，所以被稱為黃門公。東坡和蘇轍相遇同行之後，一起在路邊吃湯麵，蘇轍因為路邊攤太難吃而進食艱難，東坡則是三下五除二，很快吃個精光。過一會兒，看蘇轍吃得慢吞吞的，面前還一大碗，就跟蘇轍說，「九三郎，爾尚欲咀嚼耶？」傻老三，你是想慢慢品嘗嗎？說完大笑起身。東坡上面還有一個早夭的大哥，所以蘇轍排行老三。在宋代，「九」有傻的意思，所以九三郎的意思就是傻老三。

東坡最後這句話的意思是，傻老弟，你要知道，愈磨蹭愈艱難啊！

自藤州相遇，兩兄弟同臥起於水程山驛之間二十餘天。

六月五日抵達雷州。雷州太守張逢、海康縣縣令陳諤，早早的等在城外迎接兄弟倆。這兩位地方官和兄弟倆沒有舊交情，而是東坡兄弟的仰慕者，前來相送一程。

六月十一日渡海。渡海的前一天，東坡寫信回家鄉。信中說：

「某兄弟不善處世，並遭遠竄，墳墓單外，念之感涕。」東坡於西元一〇六八年離開四川，就沒再回去了，貶謫海南這一年是一〇九七年，幾乎整三十年。三十年來，父母的墳墓孤孤單單的曝露在郊外，從沒能回去探望過。原本託堂弟看管家族的墳墓，但堂弟已經過世了。轉而請鄰居楊濟甫幫忙看管，多年來，東坡一直說要回去，而今卻只能說，我確定是回不去了。

「**今日到海岸，地名遞角場，明日順風即過矣。回望鄉國，眞在天末！**」今天已經抵達海邊，明天順風的話，就要出海了，回首故鄉，簡直像在天邊。「**留書爲別**」，以這封信作爲此生的訣別。

這天晚上，兄弟兩人同睡一間房，東坡在詩裡回憶說：

「**蕭然兩別駕，各攜一稚子。**」我們兩個落魄的別駕（廢官名），蘇轍是海康別駕，東坡是瓊州別駕，各帶著一個小兒子。「**子室有孟光，我室惟法喜。**」你還有一位賢妻陪在身邊，而我空空如也，只有法喜。「**相逢山谷間，一月同臥起。**」從藤州到雷州，將近一個月的時間裡，把握相處的時光，天天都睡在一起。

共眠的最後一晚，東坡因爲痔瘡痛得睡不著，身心極交瘁！在蘇轍的詩裡，也提到離別前的這一晚，兩個人整晚都沒睡。「連床聞動息，一夜再三起。」這個晚上，兩人的身心都很煎熬，特別關注彼此的動靜，都沒睡著。

好在到了海南島之後，東坡再沒有煉丹的物資，加上飲食清淡，長時困擾他的痔瘡，竟漸漸不藥而癒了。

當時的旅遊雜誌《輿地紀勝》，記載著東坡離開大陸的情景：

昌化非人所居，軾初與轍相別，渡海，既登舟，笑謂曰：「豈所謂『道不行，乘桴浮於海』者耶？」

東坡和蘇轍分手的時候，一上船，就笑著說，這就是孔子所說的「**道不行，乘桴浮於海**」嗎？孔子老人家曾經想到卻沒做到的，我東坡今天眞的實踐了！

當時的地理雜誌，把東坡寫成這麼不近人情的瀟灑！

然而東坡本人寫給皇帝的信裡，他離開大陸時臨別的情景是這樣的，〈到昌化軍謝表〉：「**子孫慟哭於江邊，已爲死別。魑魅逢迎於海上，寧許生還？**」一邊是悲傷的子孫，哭喪似的告別，一邊是危險的大海，彷彿隨時可以吞掉他單薄的小船，岸上與海上，兩者都像在宣告著，他回不來了。

東坡雖是鄭而重之的寫了一封謝上表，給昔日疼愛的學生哲宗皇帝，但這封謝上表，注定是石沉大海的，因爲區區「別駕」這樣的犯官，根本沒有資格，沒有管道可以上書皇帝。

六、海外孤懸

東坡在上海南島前後，作有一闋詞〈千秋歲〉，這闋詞雖說是次韻秦觀，然而從內容來看，說是向皇帝喊話應也不爲過。

島外天邊，未老身先退。
珠淚濺，丹衷碎。
聲搖蒼玉佩，色重黃金帶。
一萬里，斜陽正與長安對。

道遠誰雲會？罪大天能蓋。
君命重，臣節在。
新恩尤可覬，舊學終難改。
吾已矣！乘桴且恁浮於海。

將去的孤島在天涯海角之外，我心未老，但人已退出建功立業的舞臺。淚珠滴落的聲音，是我心碎的聲音；流放的步履遲遲，腰間佩玉聲聲顫動著，如同我的惶恐；我臘黃的臉色，比黃金還要沉重。

「一萬里，斜陽正與長安對。」如今人在京城的萬里之外，首都汴京就像夕陽一樣遠，我的眼淚，我的心碎，有誰能說與君知？

「道遠誰雲會？罪大天能蓋。」路途遙遠如天邊，此後雲聚能有誰？好在我的罪過雖大，天地更大，能容得下我。

東坡未曾犯法，其實無辜，卻要自稱有罪，而且還是彌天大罪。現在看來，實在委屈，但在君權至上的時代，只能委屈求全。

「**君命重，臣節在。新恩尤可覬，舊學終難改。**」天子的威令不容質疑，而東坡的氣節也同樣不可動搖，不可改變。就把到海外遊歷當作新恩吧，而以儒爲本，民爲重的思想，終究是改不了的。

「**吾已矣！乘桴且恁浮於海。**」我就此算了吧，江海度餘生也好。

然而露重飛難進，風多響易沉。東坡的天涯吟唱終究是飛不進哲宗的宮殿了。

海南島的面積，整體只比臺灣略小一點點。全島本來隸屬於廣南西路，分爲四個州：瓊州、儋州、崖州、萬州。宋神宗時，出於對海南軍事防禦和管理的需要，下詔在瓊州設置安撫司，並將儋州改爲昌化軍，崖州改爲珠崖軍，萬州改爲萬安軍。在體制上由瓊州安撫司統理四州，但是瓊州、儋州、崖州、萬州，這四州的州名仍然沿用，州府也仍然保存。

東坡從瓊州的海口上岸，要走到儋州安置，需要走二十幾天，沒有車沒有馬，東坡也沒那個體力走，只能讓人抬著走，坐肩輿，人抬的竹轎。人家一邊抬，東坡就一邊睡。山路顛簸，心要夠大，才能睡得過去。東坡不但睡著了，還作夢，夢中作了兩句詩「**千山動鱗甲，萬谷酣笙鐘。**」這兩句詩正好貼切的形容了路程的顛簸。東坡因此作了一首完整的詩來紀念這個旅途，〈**行瓊、儋間，肩輿坐**

睡，夢中得句，云：「千山動鱗甲，萬谷酣笙鐘。」覺而遇清風急雨，戲作此數句。〉

海南的山未經開發，山路特別顛。坐在轎子上，被顛來顛去，閉著眼睛，夢裡感覺像是山在動，山脈彷彿像一條龍，龍突然騷動了起來，人像行走在龍背上，所以說「千山動鱗甲」。而山谷裡有好多聲音，海風的聲音、風吹樹搖的聲音、蟲鳴蛙叫，猿鳴鳥唳……各種動物的聲音，加上回音，交雜在一起，就像酣暢淋漓的交響樂，所以說：「萬谷酣笙鐘。」

東坡感覺自己在龍背上，聽著最原始的天籟，像進入了一個奇幻世界，想像力是如此的奔放，直到被清風急雨給弄醒了，於是寫下這首詩。「覺而遇清風急雨，戲作此數句。」簡陋的竹轎子上是不蔽風雨的，但東坡用了「清風」和「戲作」這樣的字眼，表示這陣急雨並沒有打亂他的輕鬆。

這首詩頗長，在此選幾句：

四州環一島，百洞蟠其中。
我行西北隅，如度月半弓。
登高望中原，但見積水空。
此生當安歸？四顧眞途窮。

海南島當時的行政區域劃分成四個州，初來乍到，東坡發現到處都是山，山上好多山洞，海風強吹過山洞的時候，到處都是回音。呼應著詩題提到的**「萬谷酣笙鐘」**。而百洞蟠其中的情況，也會造成山路更坎坷難行。

東坡行走的路線處於海南島的西北隅。他從瓊州走山路到儋州，路線是一個彎彎的弧形，弧度就像上弦月。再加上行走在高高的山巓路上，海風特別大。於是詩人說：**「我行西北隅，如度月半弓」**，感覺彷彿走在弦月上，又高又冷。

這是東坡作爲詩人別緻的浪漫，實際上這段路走了二十幾天，坐轎子不比坐車，顚了二十幾天，可以把老骨頭都顚散了！但東坡偏偏在這樣艱困的路途上，還有浪漫的感性去想像環境的別緻，因此又高又冷的行路難，便成了像是漫步於清高冷峻的弦月上！

當走到山頭最高的地方時，東坡停下來往大陸的方向看，但什麼也看不見，只見海天一片水茫茫。海南島和大陸距離二十至四十公里，根本不是東坡原先想像的，還能隔海遙遙相望。因此這時候悲涼感瞬間湧上心來，他問「**此生當安歸？**」我這輩子的結局，該何去何從呢？「**四顧眞途窮。**」不管看向哪一個方向，都是窮途末路的方向！

東坡在七月二日抵達儋州昌化軍。他很快就被這裡奇特的地形、山形給吸引了。有詩〈儋耳山〉，記錄了他的震撼。

突兀隘空虛，他山總不如。
君看道傍石，盡是補天餘。

陳湛銓教授認爲「**他山總不如**」的「他山」是指章惇，在說章惇不足道，但這實在不是東坡對章惇的態度，這種傲慢放在這裡也不恰當，講得好像東坡隨時把怨恨的人藏在心裡，動不動就拿出來嘲一下，東坡並不是這樣的人，他一向是「君子坦蕩蕩」，不是「小人長戚戚」。

東坡是個單純的人，「**突兀隘空虛，他山總不如。**」純粹是對海南景觀感到驚歎，對儋耳山的驚歎，聳立在眼前的儋耳山，特別高大，特別突兀，擠兌著天空與虛空都看起來小了，變狹窄了。在別的地方還沒看過這麼霸道的山。

「**君看道傍石，盡是補天餘。**」除了讚歎海南的奇石之外，還多了比喻與聯想。

什麼是補天餘？《列子．湯問》：「**天地亦物也。物有不足，故昔者女媧氏煉五色石以補其闕。**」天地也有不足的地方，所以遠古有女媧氏煉五色彩石來補天空的漏洞。《淮南子》也說：「**女媧煉五色石以補蒼天。**」

從「道傍石」是「補天餘」看來，海南島可能也曾經有過遍地是美麗石頭的時候。比如雨花臺曾經也有過好多美麗的彩色雨花石，就裸露在地面上，但現在去都沒有了，全被撿光了。

東坡那時的海南島還很天然，能讓東坡驚喜的說，你看路邊的石頭，好像都是女媧補天剩下來的彩石！

曹雪芹在《紅樓夢》裡說賈寶玉的玉是補天多餘的石頭，其靈感不知道是不是正來自於東坡這裡寫的補天餘呢？

清．何焯：「末二句自謂，亦兼指器之諸人也。」何焯認為「道傍石」是東坡在寫自己，也同時寫了其他被貶謫的元祐重臣如劉安世等人，昔日在朝廷替哲宗皇帝撐起天下的元祐大臣，如今都流落在貶謫遠方的道路上。

但是不是也有可能，東坡只是純粹在讚美海南島像塊寶地，遍地新奇，隨處可見許多美麗石頭？東坡在困頓的遠行之間，遇見了意外的美好，於是他單純的讚美這份美好。

惠州的冬天，只讓人覺得涼爽，奇怪到了更南方的海南島，卻讓東坡覺得冷，明明海南島的緯度低於惠州。這可能是海島氣候，溼度的關係，海風吹來，體感溫度更覺得冷。《儋縣志》說，這裡燥溼，有毒，這種燥溼之毒，就是瘴毒，來這裡的人「不死者幾希」，很少有不被毒死的。這指的應該是從中原來的漢人，對這裡惡劣的環境，往往水土不服。

東坡來到海南島，剛開始注意到的是壯麗的景觀，但接著需要面對的是，海島惡劣的環境，以及物資的缺乏。

第八章　離島生活

在海南島的生活，東坡寫信給朋友說：「此間食無肉，病無藥，居無室，出無友，冬無炭，夏無寒泉，然亦未易悉數，大率皆無耳。惟有一幸，無甚瘴也。……」缺的東西數不完，反正你能想到的都沒有，唯一的好事是，連瘴癘也沒有。

《儋縣志》說：「燥溼之氣不能遠蒸而為雲，停而為水，莫不有毒。」似有瘴氣，為什麼東坡說沒瘴呢？因為東坡的痔瘡在海南島竟好了。大概是這裡什麼都缺，自然也沒法煉丹，又只能飲食清淡，痔瘡之痛反而不藥而癒了，所以東坡覺得海南島好在「無甚瘴也」！

東坡在給姪孫的信裡又說：「**海南連歲不熟，飲食百物艱難，及泉廣海舶絕不至，藥物醬鮓等皆無，厄窮至此，委命而已。老人與過子相對，如兩苦行僧爾。然胸中亦超然自得，不改其度，知之，免憂。**」雖然什麼都沒有，但父子兩人就當自己是苦行僧來修行的，只要內心夠強大，外境困不住我們的雍容，便無須憂慮。

東坡是可以生活簡單的人，但最令他痛苦的是「出無友」。之前貶謫黃州、惠州，再貧乏，身邊總有一群新朋舊友。然而在海南島，很多是原著民，語言都不通，怎麼交朋友呢？東坡差點要體會到什麼叫做寂寞殺人了。

一、儋耳臞仙

東坡到海南島之後，有一天聽說弟弟瘦了，看看自己也是瘦了，但還是想關心弟弟爲什麼瘦了呢？是不是挑食呢？自己在海南島會瘦是有原因的，因爲吃不到肉，那弟弟是什麼原因，爲什麼也瘦了呢？〈聞子由瘦。儋耳至難得肉食〉：

五日一見花豬肉，十日一遇黃雞粥。
土人頓頓食薯芋，薦以薰鼠燒蝙蝠。
舊聞蜜唧嘗嘔吐，稍近蝦蟆緣習俗。
十年京國厭肥羜，日日烝花壓紅玉。

從來此腹負將軍，今者固宜安脫粟。
人言天下無正味，蝍蛆未遽賢麋鹿。
海康別駕復何爲？帽寬帶落驚僮僕。
相看會作兩臞仙，還鄉定可騎黃鵠。

五天才看到一次豬肉，十天才喝一頓雞肉粥，（米飯也不容易吃到，「得米如得珠」。）相較於東坡打出生以來的優渥生活，在海南島，是最拮据的。

那海南人吃什麼呢？主食是地瓜和芋頭，（有注解說，薯芋是指山藥。作注解的人可能是北方人，才把好生長的根莖類混爲一談。）配菜是煙薰老鼠，還有燒烤蝙蝠。還有「舊聞蜜唧嘗嘔吐，

稍近蝦蟆緣習俗。」蜜唧唧，是剛出生的，還沒長毛，活的小老鼠，沾蜂蜜直接吞下去。一邊吞一邊會唧唧叫，所以叫蜜唧唧，活吞幼鼠。一開始，東坡光聽到就吐了。後來入境隨俗，頂多跟著吃點青蛙肉，蜜唧唧實在沒辦法。

然後東坡回想起以前的好日子，**「十年京國厭肥羜，日日烝花壓紅玉。」**

宋代是農耕時代，吃牛不普遍，上流社會主要吃羊。東坡回想起元祐年間的浮華豪奢，小肥羊都吃得膩了，每天變換著各種不同的料理跟擺盤，十年京國啊，那將近十年的騰達時光，享福享得太過了。

東坡說，俗諺云：**「大將軍食飽捫腹而嘆曰：『我不負汝。』左右曰：『將軍固不負此腹，此腹負將軍，未嘗出少智**

處也。』」有個大將軍吃飽飯，摸摸肚子說，我可沒有辜負這顆肚子了！旁邊的隨從附和道，將軍是沒辜負您的肚子，但您的肚子辜負將軍了。怎麼說呢？您的肚子就從沒給您出過什麼好主意！

這裡要給這位左右隨從拍拍手，如此之正直，不錯不錯。往往該檢討自己的人從來不檢討自己，而東坡向來很能反省，所以說：「從來此腹負將軍，今者固宜安脱粟。」我這肚子從來沒給我出過什麼好主意，今天給它吃糙米是剛剛好而已。

「人言天下無正味，蝍蛆未遽賢麋鹿。」《莊子．齊物論》：「民食芻豢，麋鹿食薦，蝍且甘帶，鴟鴉嗜鼠，四者孰爲正味？」莊子說，人類吃牛羊狗豬，麋鹿吃草，蝍蛆（或蜈蚣）喜歡吃蛇的眼睛，貓頭鷹和烏鴉愛吃老鼠。這些食物，哪個算是眞正的美食呢？所以說，吃東西的口味是很主觀的。蜈蚣吃的未必比麋鹿高級。也就是說，肉食性生物未必比素食者吃得好。

以上，是東坡說明自己爲什麼瘦了，以及對於所謂的美食做一番檢討，接著東坡問：

「海康別駕復何爲，帽寬帶落驚僮僕。」海康別駕是蘇轍。弟弟你爲什麼也瘦了，聽說你瘦得連帽子都戴不住了。

「相看會作兩臞仙，還鄉定可騎黃鵠。」以後我們兩個如果瘦成臞仙，紙片仙人，說不定就可以騎著大鳥飛回家鄉了呀！

東坡這是苦中作樂，最後不免還是懷抱著歸鄉的希望，有朝一日如果能回故鄉，而今的憔悴都將成爲談資。兄弟倆用詩歌閒聊，大概是現代手足難以想像的樂趣吧。

二、魚雁往返

在海南島，東坡常常與弟弟通信。蘇轍在雷州住的地方叫東樓。紹聖四年九月，蘇轍寄給東坡一首〈東樓〉詩：

月從海上湧金盆，直入東樓照病身。
久已無心問南北，時能閉目待儀麟。
颶風不作三農喜，舶客初來百物新。
歸去有時無定在，漫隨俚俗共欣欣。

蘇轍這首詩乍看好像說，住雷州的他成天無所事事的養病，但其實有個關鍵詞：「**儀麟**」，低調的說明了蘇轍正在做的事。

只聽過有鳳來儀，沒聽過有麟來儀吧？歷史上有麒麟出現並造成嚴重影響的是哪一件事？魯哀公「西狩獲麟」，孔子停筆《春秋》。

蘇轍在雷州不斷的修訂自己最重視的史學鉅作《春秋集解》，最後也獲得同時代年輕一輩學者的肯定，葉夢得說：「**今學者治經不精，而蘇（轍）、孫之學近而易明……故皆信之。**」

東坡從子由來詩中「**時能閉目待儀麟**」，看懂了弟弟的意思是在等待最後滿意的定稿，才可以停筆。這麼幽微的含義，被東坡抓到重點了。於是東坡寫下〈次韻子由東樓〉，來鼓勵弟弟。

白髮蒼顏自照盆，董生端合是前身。
獨棲高閣多辭客，爲著新書未絕麟。
小醉易醒風力軟，安眠無夢雨聲新。
長歌自調眞堪笑，底處人間是所欣。

此詩前兩聯意指蘇轍：「白髮蒼顏自照盆，董生端合是前身。」從水盆的倒影，看看自己的模樣容顏，可以看得出來，弟弟子由的前世應該就是董生。

董生，指西漢董仲舒，作《春秋繁露》，並說服漢武帝罷黜百家，獨尊儒術，使儒家思想成爲中國讀書人的主流思想。

東坡將蘇轍作《春秋集解》，與董仲舒作《春秋繁露》，相提並論。董仲舒是一代開啓思想新局面的人，這是對蘇轍很大的肯定。

「獨棲高閣多辭客，爲著新書未絕麟。」

高閣，指子由的東樓，辭客著書的人是蘇轍。

早年東坡在鳳翔當官時，蘇轍拒絕了商州推官的任命，留在京城侍父。當時東坡送給蘇轍的詩這麼說：「著書多暇眞良計，……萬人如海一身藏。」既肯定弟弟的選擇，同時也點出了蘇轍的個性向來樂於獨處。當年京城的熱鬧，都沒能影響到蘇轍的閉關。

這裡東坡說蘇轍「獨棲高閣多辭客」，說明被貶謫到雷州的蘇轍，不像東坡苦於沒有朋友，而是主動辭客，不怎麼愛接待朋友。

蘇轍爲什麼喜歡獨處呢？因爲他要把握時間「著新書」。《左傳》提出三不朽，立德、立功、立言。著書，就是其中的立言，文章千古事，所以不朽。

「**爲著新書未絕麟**」，絕麟，魯哀公打獵捕獲麒麟，孔子的《春秋》就寫不下去了，爲什麼呢？因爲在孔子的觀念裡，麒麟是仁獸，應該出現於太平盛世，而今亂世，麒麟卻出現，還被弄死了。麒麟之死，毀了孔子推行仁道的信心。因此東坡說「**爲著新書未絕麟**」，可以有兩個意思，一是蘇轍著作的《春秋集解》還沒有到定稿時候，或是蘇轍著作《春秋集解》是爲了麒麟不死，也就是蘇轍將承擔起推行仁道的責任，讓孔子《春秋》的精神延續下去，所以說「**未絕麟**」。

所以弟弟子由目前的生活是充實的，有方向的，而東坡自己呢？

「**小醉易醒風力軟**」，喝得少，醒得快。現代科學對腦波的觀察也說，喝酒並不能眞的幫助睡眠，小酌好像容易入睡，但會很快就醒來，睡眠品質並不好。大醉呢？是讓人斷片，也不是眞的能睡沉。總之酒精並不能讓頭腦或意識眞的得到休息。東坡說「小醉易醒」，喝不多，睡不久，是東坡自己如實的觀察。醉醒唯覺「風力軟」，風很輕柔，人很無力。

「安眠無夢雨聲新」，睡覺中，不但沒有夢，也沒有聽到雨聲。「雨聲新」，人醒了，才發現下雨了。

「小醉易醒風力軟，安眠無夢雨聲新」，可以醉可以睡，可以吹風聽雨，是幽靜又悠閒的日子。

「長歌自調眞堪笑，底處人間是所欣。」「長歌自調」，東坡自注說，這是柳宗元的詩：「長歌返故室，自調非所欣。」柳宗元一邊唱歌一邊回家，還一邊作詩騙自己說我不開心。

東坡說：「**長歌自誷眞堪笑**」，笑什麼呢？笑說，這樣的日子說我不開心是騙人的，其實我是開心的。

「**底處人間是所欣？**」如果這樣可以醉、可以睡，可以著書、可以唱歌的日子還不開心的話，那要怎樣才開心呢？

也就是東坡跟弟弟蘇轍說，你可以安心寫書，而我可以安心睡覺，人間安樂莫過於此了。

總結，這首詩再次發揮東坡樂觀的力量，既肯定了蘇轍的成就，也安慰彼此的處境。

三、怨而不怨

上一首詩我們看到蘇轍在雷州住的是東樓，那是向地方政府租的房子，而東坡剛來海南島的時候又要住哪裡呢？東坡給朋友的信裡說：「**初賃官屋數間居之。**」也是跟地方政府租的房。這時候的海南島，沒什麼外來人口，也就沒什麼租屋市場，只能跟地方政府分租個荒廢的官舍。

東坡在詩裡說：「**如今破茅屋，一夕或三遷。**」分租的荒廢官舍只是個簡陋的破茅草屋，一下雨，到處漏水，一個晚上，床要移好幾次，避開滴雨的地方。這首詩的詩題是〈**和陶淵明怨詩**〉，但東坡真的只是怨嗎？可以再多看幾句。

我昔墮軒冕，毫釐眞市塵。
困來臥重裀，憂愧自不眠。
如今破茅屋，一夕或三遷。
風雨睡不知，黃葉滿枕前。

以前當大官的時候，公務繁雜，常爲一些瑣碎的事情斤斤計較。雖然累了可以躺在豪華大床裡，但那時常爲了民生而憂愁，爲了德不配位而慚愧失眠。那時腦袋裡總在轉著一些需要處理的事情。

「如今破茅屋，一夕或三遷。風雨睡不知，黃葉滿枕前。」現在破茅屋中，反而睡得很香甜。風吹得進來，雨打得進來，但我睡著了都不知道，醒來才發現枕邊都是風吹進來的枯黃樹葉。

看到這裡會發現，這首題為怨詩，實則不怨。這是東坡的高明，令人耳目一新。

雖然東坡儘量不怨，但東坡真的很寂寞。

和陶詩中之〈郊行步月作〉，寫在東坡剛來儋州時，不同於剛到惠州時受到的熱烈歡迎（**父老相攜迎此翁**），東坡在海南島才體會到了什麼叫做**人生地不熟**，什麼是陌生環境的冷漠。

缺月不早出，長林踏青冥。
犬吠主人怒，愧此閭里情。
怪我夜不歸，茜袂窺柴荊。
雲間與地上，待我兩友生。

驚鵲再三起，樹端已微明。
白露淨原野，始覺丘陵平。
暗蛩方夜績，孤螢亦宵征。
歸來閉户坐，寸田且默耕。
莫赴花月期，免爲詩酒縈。
詩人如布穀，聒聒常自名。

此詩開篇，又是「缺月」，東坡第一回被貶謫時，也寫了缺月。〈卜算子．黃州定慧院寓居作〉：「缺月掛疏桐，漏斷人初靜。時見幽人獨往來，縹緲孤鴻影。」

「缺月」彷彿正象徵著東坡一時空蕩蕩的心，像缺了一塊似的，無處安放。但當年東坡一到黃州，其實很受大家愛護的，像惠州一樣。

〈與徐得之書〉：**「某始謫黃州，舉目無親，君猷（州長）一見，相待如骨肉。」**當時還有鄰州的鄂州太守朱壽昌，更是東坡的舊相識，不但將官驛提供給東坡一家人住，還時常託人送去日用食品與酒果。連一般路人，也都是蘇粉，尊重、敬愛著蘇東坡。東坡自己說的**「雖閭巷小民，知尊愛賢者。」**所以初次被貶黃州時，雖說一顆心無處安放，但當年在黃州的東坡是很受照顧的。

所以沒有比較不會知道，來到海南島的蘇東坡，在鄰里間初次感到「你是誰啊？」的質疑。沒有人認識他，當地人成天看著這麼一個不知從哪裡來的，瘦瘦高高的，亂轉悠的老頭兒，還語言不通的，都是用冷漠而好奇的眼神，看向東坡這個陌生的外地人。

「缺月不早出，長林踏青冥。犬吠主人怒，愧此閭里情。」

那一夜天上是缺月，東坡很晚了才出門。散步在夜空下，走過長長的樹林。我這個陌生人，所到之處，惹得小狗亂叫，被主人罵，引起這些不悅的騷動，東坡很不好意思。

「怪我夜不歸，茜袂窺柴荊。」

「茜袂」即是紅袖。看到紅袖與柴荊，想起東坡青年時在徐州，有一回微服出巡，山野人家出現了這樣的場景：「旋抹紅妝看使君，三三五五棘籬門，相排踏破茜羅裙。」一些姑娘們爲了爭看蘇東坡，不但匆匆化了彩妝，還相互推擠著，在荊棘門前，爲了一睹東坡，擠來擠去有姑娘的裙子都被踩破了。那時的東坡就像個男神啊！

而今也是個荊棘門，但紅袖姑娘躲在門後面，戒備的窺探著東坡，大概是別人家的妻子，在怪我這個哪裡來的漢子，這麼晚了還不回家吧。（這裡也隱含了東坡自己的家裡並沒有妻子等門的淒涼。）

「雲間與地上，待我兩友生。」李白的詩句：「花間一壺酒，獨酌無相親。舉杯邀明月，對影成三人。」東坡眼前，真的只剩下雲間月與地上影能當朋友了。

「驚鵲再三起，樹端已微明。」從小鳥的噪動不安裡，東坡也察覺到天快亮了。所以這個晚上，東坡一個人在外面遊蕩了一整夜。

「白露淨原野，始覺丘陵平。」這個海南島的清晨，原野上是如此的乾淨，和平。「**暗蛩方夜績，孤螢亦宵征。**」忙了一個晚上的，是一些小蟲子，例如紡織娘，和螢火蟲。而東坡則是無所事事的逛了一個晚上。

「**歸來閉戶坐，寸田且默耕。**」寸田，指的是心田。還是回家關起門窗來，默默的修這顆心吧。

「**莫赴花月期，免為詩酒縈。**」我不需要約會看花與賞月，省得我被詩被酒給羈絆了，影響我修心。（其實明明是沒有人約，東坡卻說成，我不想赴什麼約。）

「**詩人如布穀，聒聒常自名。**」我現在就像一隻樹上聒噪的鳥，成天只剩下自言自語。而布穀鳥，是四川的杜鵑鳥，叫聲像是「不如歸去」。

東坡這首看似隨興的長詩，很生動的描寫了他剛到海南島時的孤單落寞，寂寥與蕭瑟。

到儋州的第十二天，東坡做了一個夢，寫了一首詩〈夜夢．並引〉。詩序中說：**「七月十三日，至儋州十餘日矣，澹然無一事。學道未至，靜極生愁。」**澹然無一事，沒事，應該就是好事，但學道沒有到位，還是會怕寂寞。如果修行好的人，是會喜歡閉關獨處的。但東坡卻是沒有朋友說話，就會起煩惱的人。

這個晚上，東坡做了個夢，**「夜夢嬉游童子如，父師檢責驚走書。」**夢見小時候，玩得正開心時，一聽到父親要來查書了，嚇得跑像飛一樣！心情可能就像賈寶玉碰到賈政查書吧。

「計功當畢《春秋》餘，今乃始及桓莊初。」夢裡父親交代的功課應該要讀完《春秋》了，但東坡只讀了一半。

「怛然悸寤心不舒，起坐有如挂鉤魚。」從夢裡嚇醒過來，還心有餘悸，坐在床邊，心臟好像掛在魚鉤上的活魚似，忐忑加速度。可見童年的創傷，那陰影會停留很久很久啊！

雖說東坡這裡「**靜極生愁**」，但他也不是全然被拋棄的。依然有仰慕他的人在，只是隔了海。

四、德不孤

剛到海南島，東坡有好多寫給張朝請的回信〈**與張朝請**〉。張朝請是雷州太守**張逢**，朝請是官位，太守是職稱。北宋官員的福利是看官位，責任則在職守。

從蘇東坡給張逢的回信看來，雷州太守雖隔著海，還是很照顧東坡。第一次收到雷州太守張逢的慰問時，東坡很驚訝，也很感動。回信裡提到「**感服高義，悚佩不已。**」你怎麼敢親近我，對我這麼好啊？之前在惠州跟我要好的兩位州長，都被罷免失業了啊！

接著我們看到，雷州太守張逢還會特地派人給東坡送來東西。東坡說：「**蒙差人津送，極得力，感感。**」雷州太守給東坡送來什麼好東西呢？例如來自京城的好酒，各色各樣的海鮮。對窮途潦倒的東坡來說，全是一些極珍貴，又體貼周到的禮物。

不久後，上天又給東坡送來了一位超級蘇粉，成爲儋州新上任的地方首長。由於儋州在宋神宗時已改爲昌化軍，所以東坡有時候會稱呼這位地方首長爲**軍使**，有時候又會稱呼他是儋州太守，或使君。

就在東坡寂寞枯靜了兩個月之後，紹聖四年九月，新上任的軍使張中親自登門拜訪。這位新地方首長，充滿豪邁的俠義心腸，一點架子都沒有。看到東坡租屋的破敗，不但派人即時修補，又另外派兵重新裝修了荒廢的驛館給東坡父子住。驛館名爲倫江驛，相當於惠州的合江樓、黃州的臨臯亭。但對於這個倫江驛，東坡似乎沒怎麼在詩文中提起，因爲之前惠州太守被罷免，就是給東坡住合江樓的關係，因此東坡這回住得很低調，幾乎當作沒這回事。

此外軍使張中還介紹東坡認識海南島上的幾個知識分子，能講漢語的人。東坡終於又有一些新朋友可以聊天了。

軍使張中還很年輕，年紀和蘇過差不多，且有共同的愛好，下棋，所以和蘇過成了好朋友，每天都來東坡家找蘇過下棋。東坡就樂呵呵的觀棋，偶而也下一盤。因此有了〈觀棋〉這首詩。

東坡在詩序說，**「予素不解棋」**我向來不懂棋，但覺得棋藝的意境很美。怎樣美法呢？**「嘗獨游廬山白鶴觀，觀中人皆闔户晝寢，獨聞棋聲於古松流水之間，意欣然喜之。」**

東坡四十九歲時，曾經獨自一人遊覽江西廬山的白鶴觀。道觀中的道人都在睡午覺，一片寂靜安寧，但在風吹古松、流水聲中，獨獨聽到了棋子落子的聲音。咔、咔、咔……東坡當時覺得意境美極了！**「自爾欲學，然終不解也。」**當時也想學下棋，只是始終下不好。下棋也是需要天分的。

蘇過就下得很不錯，「兒子過乃粗能者，儋守張中日從。」儋州太守張中，天天過來找蘇過下棋。東坡作爲觀棋者，寫下觀棋詩，其詩的結論是：

空鉤意釣，豈在魴鯉。
小兒近道，剝啄信指。
勝固欣然，敗亦可喜。
優哉游哉，聊復爾耳。

「空鉤意釣」，釣魚不用魚餌（這是釣哪門子魚呢？）「豈在魴鯉。」因爲意不在魚。所以下棋，也不是爲了贏。

不過東坡在五十幾歲時，可不這麼想。他當時寫給好朋友的信裡說，「**如國手棋，不煩大段用意，終局便須贏也。**」意思是下棋不用廢話多說，過程不重要，就是要贏。但現在的東坡意境改變了，胸襟不同以往了。如同醉翁之意不在酒，「**空鉤意釣**」意不在魚，下棋也不再為了贏。

「**小兒近道，剝啄信指。**」東坡看小兒子蘇過下棋，那專注的樣子很像修道人。「**剝啄信指**」，輕輕的，慢慢的，像小鳥點啄似的，一顆子，一顆子，優雅的落下。在一片安詳之中，只有**剝啄**落子的聲音。

「**勝固欣然，敗亦可喜。**」贏了固然很高興，輸了也可以隨喜對手的高興。「**優哉游哉，聊復爾耳。**」下棋的態度要認真，但對待勝負不用太認眞。總有人贏，總有人高興，這樣不是很好嗎？

人生能如此看淡得失，優哉游哉，日日都是好日子。

有一回，儋守張中帶東坡去認識一對新朋友，黎子雲兄弟，是種田人家，其家「**臨大池，水木幽茂**」。風光很怡人，而且地也很大，於是張中就提議，向黎子雲兄弟借塊土地，大家集資幫東坡蓋一間會客室，當作喝酒的俱樂部，取名「**載酒堂**」。於是儋州的載酒堂之於倫江驛，就猶如黃州雪堂之於臨皋亭。

東坡在一首和陶詩〈和癸卯歲始春懷古田舍〉的詩序中提到：

> 儋人黎子雲兄弟，居城東南，躬農圃之勞。偶與軍使張中同訪之，居臨大池，水木幽茂，坐客欲爲醵錢作屋，余亦

欣然許之。名其屋曰「載酒堂」。

詩云：「臨池作虛堂，雨急瓦聲新。……借我三畝地，結茅爲子鄰。……」

當時的載酒堂，如今擴建成東坡書院。

五、悟

紹聖四年的冬天，是東坡在海南島的第一個冬天，作詩〈獨覺〉。這首詩，對比於初來時的〈郊行步月作〉，可以看到東坡在海南島心境的轉變。

在佛教經典中，獨覺又叫緣覺，是比肩於阿羅漢的解脫者。

東坡在〈壽禪師放生〉一文中說：「學出生死法，得向死地走之一遭，抵三十年修行。吾竄逐海上，去死地稍近，當於此證阿羅漢果。」

但東坡〈獨覺〉一詩並不是在講經典中覺悟生死的緣覺行者，只是借用了經典的名詞，來講講自己的普通感悟。

東坡想講的，有兩層意思，首先是字面上的意思，自己一個人睡覺，一個人醒過來。獨自睡，獨自醒，這是字面上〈獨覺〉的意思。〈和陶連雨獨飲〉一詩中提到的「獨覺」也是這個意思：「寄語海北人，今日爲何年？醉裡有獨覺，夢中無雜言。」

另外還有深一層的意思是，一個人對世界參透了的覺悟，對世間的人事物，了然於心的清楚。所以，東坡此詩是一語雙關，既描寫獨處的情境，也描寫了獨處時領悟到的，空明的心境。這首詩是東坡用文字作自畫像，以半透視的手法，描寫在海南島的自己。

瘴霧三年恬不怪，反畏北風生體疥。
朝來縮頸似寒鴉，焰火生薪聊一快。
紅波翻屋春風起，先生默坐春風裏。
浮空眼纈散雲霞，無數心花發桃李。
悠然獨覺午窗明，欲覺猶聞醉鼾聲。
回首向來蕭瑟處，也無風雨也無晴。

《儋州志》：「**地極炎熱，而海風甚寒。**」海南島的緯度雖然比惠州低，但冬天卻比惠州寒冷，這是海島氣候的關係。

《禮記》：「**仲冬行春令，民多疥癘。**」在忽冷忽熱的冬天，民間容易長皮膚病。

「**瘴霧三年恬不怪，反畏北風生體疥。**」在惠州三年，東坡安然度過瘴癘之氣，但到了海南島，反而怕冬天會被北風吹出皮膚病來。所以冬疥癢，可能是東坡來海南島水土不服的新體驗。

「**朝來縮頸似寒鴉，焰火生薪聊一快。**」海南島的冬天，有時候一大早被凍得像隻縮頭烏鴉。但只要燒上一盆火，就能即時感到特別的幸福愉快。

「**紅波翻屋春風起，先生默坐春風裏。**」火焰燒出了暖流，彷彿春天的溫暖被這一盆火召喚到屋子裡了，而先生我就坐在這一盆火帶來的春風裡。

「**浮空眼纈散雲霞**」，眼纈是閉眼時看似空中飄散著星空、雲霞。不知道是不是密閉空間，火燒太旺了，缺氧了眼冒金星？東坡在這燒著火的溫暖屋子裡，閉著眼睛，眼前空中就好像出現各種星星和雲彩。

「**無數心花發桃李**。」心花即心華，也是借用佛經的文字。《華嚴經》：「菩提心華。」《菩薩瓔珞經》：「心華不著塵，內悅色外發，皆由忍辱報。」東坡借「心華」一詞來描寫此時的心情，像盛開的花朵般，舒暢快活。

「**先生默坐春風裏，無數心花發桃李。**」東坡靜坐在火盆旁，心花怒放，被火烤得臉上的氣色很紅潤。

「悠然獨覺午窗明」，午睡醒來天還是亮的。要嘛睡不久，要嘛睡得早，而且將醒未醒的時候，還聽見了自己的打呼聲：**「欲覺猶聞醉鼾聲。」**

睜眼睡醒之際，東坡唸了兩句詩：**「回首向來蕭瑟處，也無風雨也無晴。」**

《三國演義》裡，諸葛孔明午睡醒來時，也躺在床上唸了一首詩：**「大夢誰先覺，平生我自知。草堂春睡足，窗外日遲遲。」**孔明這一吟詩，讓等在門外的劉備更是心生仰慕。《紅樓夢》裡，黛玉午睡醒來，也是躺在床上唸了一句：**「每日裡情思睡昏昏。」**黛玉這句像詩的話，讓站在門外的寶玉，心裡無限動情。而東坡醒來的時間比他們都早，東坡在北宋，早於明代的《三國演義》與清代的《紅樓夢》。

東坡午睡醒來，睡眼惺忪，看向窗外，天還亮著，躺在床上，似有感悟的唸了兩句：**「回首向來蕭瑟處，也無風雨也無晴。」**這兩句詩，東坡是自我引用在黃州時的〈定風波〉。

當年創作〈定風波〉時，也是被貶，不同的是，當年是壯年，和一群朋友們在一起，還在中原，當時雨過天青，站在山頭，東坡作〈定風波〉，帶著朋友們一起大聲歌唱。唱的是回首半生的來時路，激昂的平靜著。

而此時此刻，東坡在枯寂的海島小屋裡，獨自睡在一盆爐火旁，再獨自的醒來，一時想起了這兩句：**「回首向來蕭瑟處，也無風雨也無晴。」**當年的詞是用唱的，而今的詩是用唸的，這回唸的是，回首這一生的憂患，盡可以化爲空明，終歸眞正的平靜。

看東坡在海南島的詩，要看的已不是語言的精緻優美，要看的是，態度的從容不迫。人生可以需要的不多，想要的也不多。

東坡在紹聖四年，還有三首古詩，分別說明在海南島一天之早中晚各有一件舒服的事做，哪些事呢？

〈旦起理髮〉早上起床梳頭，好舒服。

〈午窗坐睡〉中午沒事坐著閉目養神，好舒服。

〈夜臥濯足〉睡前洗腳泡腳，好舒服。

理髮是乾洗頭，東坡說「一洗耳目明，習習萬竅通」。早上乾洗頭，就是梳頭百遍，梳著梳著，耳根都靈敏了，眼睛都亮了，不只是整顆頭都醒了，而且是通體舒暢，所以說「習習萬竅通」。

午窗坐睡，不一定睡得著，大多是閉目養神，更接近於坐禪，無所求的，渾然忘我的，很放鬆的打坐。「身心兩不見，息息安且久。……謂我此爲覺，物至了不受。謂我今方夢，此心初不垢。」這亦佛亦道的，不受不垢，是東坡打坐的境界。

最後是睡前洗足，熱水泡腳。「瓦盎深及膝，時復冷暖投。」不方便洗澡，泡腳也能有如同泡澡的好效果。

以上是東坡每天很享受的三件事。用上虔敬的心，日常生活必可發現值得感恩的地方。

六、上元自閉，上巳尋友

紹聖五年，東坡六十三歲。同年六月，改元符元年。

這年元月十五日，東坡在海南島的第一個上元節，儋州太守張中有盛宴邀約，蘇過前去赴會，但東坡沒去。張中不可能沒約東坡，但東坡沒敢跟太守張中走得太近，因爲這兩年間至少已有三位太守因爲跟東坡走太近而被處罰了。惠州太守和循州太守被罷官，廣州太守王古被降職查看。於是這個上元，東坡自己留守在家，作詩〈上元夜，**過赴儋守召，獨坐有感**〉。

使君置酒莫相違，守舍何妨獨掩扉。
靜看月窗盤蜥蜴，臥聞風幔落伊威。
燈花結盡吾猶夢，香篆消時汝欲歸。
搔首淒涼十年事，傳柑歸遺滿朝衣。

州長的酒席邀宴怎麼好拒絕呢？就讓過兒自己去吧，我還是顧家的好。我在家裡做什麼呢？「**靜看月窗盤蜥蜴**」，我在家裡發呆，看著窗外的月色，看到窗戶上有一隻蜥蜴，沐浴在月光之下，同我一樣也在看月發呆。在海南島的第一個元宵節，和東坡有共鳴的，竟然是一隻蜥蜴。「**臥聞風幔落伊威**。」躺著聽風吹得窗簾啪答啪答響。

「燈花結盡吾猶夢，香篆消時汝欲歸。」油燈燃盡之前我還在作著白日夢，懷想著從前，而燃香點盡之時，兒子應該快回來了吧。

東坡的白日夢在懷想什麼呢？**「搔首淒涼十年事，傳柑歸遺滿朝衣。」**

元祐年間，東坡大約有十年的飛黃騰達。上元宴會，只要在京城，東坡身爲帝王師，必定坐在一個好位置上，受著許多人的景仰與皇親大臣的敬重：**「澹月疏星繞建章，仙風吹下御爐香。侍臣鵠立通明殿，一朵紅雲捧玉皇。老病行穿萬馬群，九衢人散月紛紛。歸來一點殘燈在，猶有傳柑遺細君。」**

那年哲宗皇帝，在歡慶上元的盛會上，像天帝一樣，被眾星拱月，而東坡便站在皇帝身邊，共享這份榮耀。

那年元宵節，東坡待到最後才離開，回家時還帶了顆御賜的黃柑給夫人。那是東坡在京城的最後一個元宵節，那時有著皇帝的寵愛與夫人的恩愛。

而今呢？夫人已經不在了，那十年的繁華，皇帝的信愛，轉眼間像已經燒盡的燈花、點過的香，都化成灰了，而東坡還在這裡回味著，品味著，那份已經消逝的愛與溫暖：「**搔首淒涼十年事，傳柑歸遺滿朝衣。**」

東坡貶謫惠州和貶謫海南島的第一個元宵節，都有詩作懷念當年與皇帝共度的元宵。他可能很希望皇帝能看見他的思念，顧念起往日的師生舊情。然而章惇又怎麼可能讓皇帝看見這些呢？

過了上元節，來到紹聖五年二月，東坡作〈**和陶歸去來兮辭**〉。

這篇和陶淵明的辭賦也很精彩，造成很大的影響。

洪邁記載道：「建中靖國間，東坡和〈歸去來〉，初至京師，其門下賓客從而和者數人，皆自謂得意也，陶淵明紛然一日滿人目前矣。」東坡和陶淵明的〈歸去來辭〉在徽宗初年時才傳到京城，很多蘇粉也跟著創作和陶辭，蔚爲風氣，本來不是每個人都熟悉陶淵明的，經過東坡的〈和陶詩〉和〈和陶辭〉，突然大家都認識陶淵明，喜歡陶淵明了。這是愛烏及屋，可說是東坡捧紅了文學史上的陶淵明。

在鍾嶸的《詩品》裡，本來陶淵明的詩只被列爲中等，不怎麼受重視。雖然在東坡之前，李白和杜甫也都提過陶淵明，但並沒有捧紅陶淵明，而自東坡和陶之後，陶淵明突然就大紅大紫起來。東坡可謂是陶淵明的異代伯樂。不同時代，卻提拔了陶淵明在文學史的地位。

到了紹聖五年的上巳節，東坡作〈海南人不作寒食，而以上巳上冢。予攜一瓢酒，尋諸生，皆出矣。獨老符秀才在，因與飲，至醉。符蓋儋人之安貧守靜者也。〉

北宋時期的中原大陸，寒食節連接著清明節，放假七天，但海南島不過寒食節，掃墓則在上巳日（農曆三月初三）。那天東坡帶著酒，到處去找學生。卻到處都找不到學生，因爲當地人都出門掃墓去了。

還好讓東坡找到一位老符秀才在家，總算是讓東坡找到一個可以說話的人了。在老符家，老符默默陪著喝酒，偶爾附和幾句。因此東坡說老符是個「安貧守靜」的人，安靜與傾聽是一種美德，因此東坡留詩：

老鴉銜肉紙飛灰，萬里家山安在哉？
蒼耳林中太白過；鹿門山下德公回。
管寧投老終歸去；王式當年本不來。
記取城南上巳日，木棉花落刺桐開。

「老鴉銜肉紙飛灰」，上巳節這天，到處在燒金紙，紙灰飛揚，老烏鴉趁人不備，叨走正在祭祀的肉。人人都忙著去掃墓，東坡卻沒事可做，已經三十年沒得回鄉祭祖了。「萬里家山安在哉？」東坡家的祖墳在萬里之外，親友也都遠隔重洋，隔著千山萬水，一切可好嗎？如今眼前只一位安靜的老符，能陪自己喝上一杯，當別人都熱鬧著，只有我孤單著的時候，更是蕭條落寞。然後東坡用兩個典故，來描寫能有老符的陪伴，是多麼的慶幸。

「蒼耳林中太白過。」李太白有詩提到，有一回他去找朋友范居士，卻迷路了，迷路在一片蒼耳林中，正不知何去何從時，看到有人採蒼耳，便過去問路。沒想到這個採蒼耳的人竟然正是李白要找的朋友，而這個朋友還隨身攜帶了李白最愛的酒。所以李白一口氣寫了二十八句長詩來紀念這件驚喜。

東坡說「蒼耳林中太白過」，是比喻他能遇到老符秀才，就像李白在蒼耳林中遇到范居士那樣的高興、開心！

「鹿門山下德公回。」龐德公是東漢末年的隱士，隱居在鹿門山。龐德公曾經稱讚諸葛亮是臥龍，稱讚龐統是鳳雛，被認爲是個慧眼識英雄的伯樂。東坡這裡用龐德公來形容老符秀才，你如同隱居在鹿門山的龐德公，慧眼識英雄，而我是被你賞識的英雄。

我的才華如李太白，你的慧眼像龐德公，我很愛說，你很會聽，所以我們是絕配的一對。

「**管寧投老終歸去**。」東漢末年，天下大亂，管寧避亂到遼東，原本想要終老遼東。但中原在曹丕篡漢之後，漸漸趨於安定，於是管寧還是回到故鄉，山東的北海郡，但堅持不接受曹魏幾代帝王的徵召授官。（見《三國志》）

「**王式當年本不來**。」王式是漢朝昌邑王的老師。昌邑王當皇帝之後，因爲荒淫無度而被廢，昌邑王的臣子們都被關在監獄裡等著殺頭。王式身爲帝王師，也在監獄裡，也被判死刑。在最後的審判中，王式被問到，「你當皇帝的老師，爲什麼沒有勸諫皇帝的文章？」王式說：「我講《詩經》三百零五篇，每篇都是在勸諫，所以沒有另外寫勸諫的文章。」這樣的回答被法官接受了，所以王式被免去死罪，獲釋回家後，便不願意再出來教書或做官。但最後又擋不住學生們的推薦，接受了朝廷的徵召，當了博士，受到許多同事的景仰。

其中有一位博士江公，嫉妒王式。在王式講《曲禮》的時候，江公對王式說「**什麼狗曲！**」王式深深感到被羞辱。對學生們說，我本來不想出來做官的，非要勸我出來，以至於今天被小人給這般羞辱。因此稱病辭官，死在家中。

《漢書．儒林傳》王式說：「**我本不欲來，諸生強勸我，竟為豎子所辱！**」

王式和東坡相同的經歷在於，都曾經是帝王的老師。東坡在烏臺詩案之後，一度也不想再出來做官，再出來做官之後，也同樣是，不斷遭到嫉妒、折辱。所以王式這句：「我本不欲來」，很觸動東坡啊！

管寧本來沒打算回故鄉，最後卻回去了故鄉，王式本來不想出來做官，卻出來做了官，還受到了羞辱。想來想去，事與願違的人多了去，不是只有東坡我的人生是不順的。不能自在來去的人，古往今來可多了。

看來東坡就算會發牢騷，也是點到爲止，終能自我開解。詩的結論便以海南美好的景色作結：「**記取城南上巳日，木棉花落刺桐開。**」

木棉是熱帶和亞熱帶的植物，刺桐是熱帶的植物，東坡在北方都不曾見過。

當木棉花落成了滿地紅，馬上又會有新生的刺桐，也是滿樹紅，這些熱帶的花朵，紅紅火火，熱熱鬧鬧的開著，花謝花開，輪番上舞臺。而歷史的舞臺，一代新人換舊人，亦復如是。榮華富貴亦是如此，沒有誰能永遠都在枝頭上。現在木棉花落，刺桐花開，改天刺桐也是要落的。誰也沒有永遠的繁華。

這首詩簡而言之，提到了海南島雖然離故鄉很遠，但所幸還有慧眼識英雄的人，可以陪我喝酒的朋友。人生不如意的人很多，不是我特別可憐，何必多尋煩惱。只要記得此時此地，儋州城南的上巳，有北方見不到的火紅花海，也算長了見識。就讓我把這些火紅火紅的美好風光記下來吧！讓今天成為回憶中一頁美麗的詩篇。

七、桄榔庵

紹聖五年四月，朝廷又遣董必爲廣南西路察訪。

之前在惠州，章惇派來程之才是東坡的世仇，以爲他會整東坡，沒想程之才不但沒對東坡下毒手，還很照顧東坡，反而促成了世紀大和解。這回章惇更派一個狠角色（董必在衡州按查孔平仲時，已接連害死三人。）董必這回來廣南，很知道自己的使命，是不讓東坡兄弟好過。

董必首先彈劾雷州太守張逢太過優待東坡兄弟，因此雷州太守張逢被免職，中年失業，而海康縣令陳諤被降職，其他公務員皆被罰銅三十斤，以示懲戒，看誰以後還敢照顧東坡兄弟。此外，詔移蘇轍循州安置，循州就在惠州附近，蘇轍因此往北調回一些，並將家人安置在惠州的白鶴峰山居。但這並不是執政者好心，而是因為東坡在詩裡提到：「**莫嫌瓊雷隔雲海，聖恩尚許遙相望。**」這一點點想像上的慶幸，精神上的交流，也被眼紅，也要無情剝奪。

董必雖想找東坡麻煩，卻又很愛惜自己的生命，不敢坐船渡海到海南島。當他派人探知東坡住在倫江驛時，便以「**流人不許占住官屋**」，逐東坡出官舍。

《東坡志林》中有個小故事，被認為是在諷刺董必。故事提到，東坡在醉夢中受到南海海神廣利王的邀請，到海底水晶宮去寫文章，文章完成之後，東坡受到許多神仙的稱讚，那時，有一隻**鱉相公**卻出來放冷箭，做挑撥，搞破壞。於是東坡回家後歎了一口氣說：

「**到處被鱉相公廝壞。**」

宋代的官方語言鱉的發音就是「必」。東坡拿董必無可奈何，只好寫故事損損他，說他就像一隻鱉！算是一種精神勝利法。

但現實的問題還是要解決，住的問題怎麼辦呢？這裡並沒有人在出租房子，只好買地來蓋房子。誰來蓋？蘇轍說：「**昌化士人畚土運甓以助之。**」平常拿筆拿紙的讀書人，現在來幫忙搬磚運土，幫東坡蓋房子。這些讀書人是哪來的呢？東坡說：「**賴十數學生助工作，躬泥水之役，愧之，不可言也。**」原來東坡默默早已開始他的教育事業了，因此有十幾個學生願意弟子服其勞。

此外，還有軍使張中，出人出錢又出力，但東坡在信裡不敢提，這是為了保護張中，沒敢聲張。但東坡又是藏不住話的人，還是忍不住寫在自己的詩裡：「且喜天壤間，一席亦吾廬。……邦君助畚鍤，鄰里通有無。……自笑四壁空，無妻老相如。」邦君，一邦之君，就是一州之長，就是昌化軍軍使，張中。東坡把對張中的感激淡淡的寫在這首詩裡，還是喜悅著天地之間，總算有一個小小的地方是自己的家。新居的落成，有一邦之君捲起袖子來親自運土搬磚，還有很多有的沒的，都是當地居民贊助的。自四月分東坡父子被趕出官舍，五月分新房子就蓋好了。房屋建造在桄榔樹林之中。

東坡給鄭嘉的信裡說：「近買地起屋五間一龜頭，……此中枯寂，殆非人世。然居之甚安。況諸史滿前，甚可與語者也。」新屋有五個房間加一個抱廈，住在樹林裡，單調寂寞的簡直不像人世間，但我住得很安心。何況還有許多史書陪著我，可以跟許多古人對話。

東坡的新家叫做**桄榔庵**，是很多當地的新朋友一起努力，用一個多月的時間，眾志成城蓋出來的五間草屋。東坡作〈桄榔庵銘並敘〉：**「東坡居士謫於儋耳，無地可居，偃息於桄榔林中。」**東坡居士貶謫海南，沒有住的地方，就住在桄榔林裡。**「摘葉書銘，以記其處。」**摘下桄榔葉，寫上這篇銘文，記下我住在這裡。銘文是本該刻印石上的文字，為什麼卻寫在樹葉上呢？因為東坡很愛寫，但寫了又怕惹麻煩，所以寫在桄榔葉上，一下雨，這些文字將全部化為墨水，一無所留。那為什麼又留下來了呢？因為自然有學生，有蘇粉，會跟在後面抄下來啊！

東坡又作詩〈新居〉。

「朝陽入北林，竹樹散疏影。」新家採光好，竹樹掩映又涼爽。

「短籬尋丈間，寄我無窮境。」庭園雖然不大，但給我的想像空間很大。

「舊居無一席，逐客猶遭屏。」之前租的官舍又小又簡陋，竟然還被趕出來。

「結茅得茲地，翳翳村巷永。」因禍得福有了這草房與土地，在長長巷子裡，綠草如茵的最深處。

「數朝風雨涼，畦菊發新穎。」風雨秋涼時，菊花的花蕾已新開。

「俯仰可卒歲，何必謀二頃。」

「卒歲」的典故見於《史記》，孔子離開故鄉魯國時唱的〈去魯歌〉：「**蓋優哉游哉，維以卒歲！**」我該優哉游哉的，過完我剩下的歲月了！

「二頃」也是個典故，《史記》裡，蘇秦說「**使我有負郭田二頃，吾豈能佩六國相印乎。**」如果我有二頃田，能當個土豪，那我就不會去爭取六國的相印了。《史記》這裡是在勵志讀書人要以苦為寶，吃苦當作吃補。

但東坡說「**何必謀二頃**」，何必汲汲營營呢？既沒必要謀田二頃，也沒必要佩六國相印。因為「**俯仰可卒歲**」，時間過得很快，但在桄榔庵裡，日子可以過得不急。優哉游哉的日子，比當土豪或做大官都還要好！

被趕出官舍就是有人不給東坡好日子過，但倔強的東坡最後卻故意說，趕我出官舍，我日子過得更好呢！所以這首詩充滿了朝氣，以及對新生活的期待。我就是要好好過日子，看不順眼的人又能奈我何？

縱然被趕到樹林子裡，委身幾間茅草屋，在溼地裡和蚊蟲蛙禽爲伍，常人就算不自暴自棄，大概也是過一天算一天，將就的了此殘生而已。但東坡不是常人，他仍然要將日子過得很精神，勤勞地打理起家園，不只是能生活而已，還要美美的生活。新居有他喜歡的修竹、短籬，有田，還有花。他不只是將自己的環境打理得美美的，而是人生到哪裡，都能活出令人仰望的美。讓歷史上屬於東坡的這一頁，充滿繁花似錦。

第九章　斜槓老年

東坡上船渡海之時，說：「**天其以我爲箕子，要使此意留要荒。**」自己是帶著要教化南荒的使命來儋州的。一年之後，東坡又說：「**無限春風來海上**」，這個春風不只是春風，而是東坡已經在邊鄉春風化雨了。

東坡到海南島之後，沒有官事可做，反而多了許多工作體驗，教育/寫作/建築/製帽/務農/造墨/釀酒……妥妥當當的斜槓老年。

一、春風化雨作啓蒙

東坡於紹聖四年七月，剛到海南島時，到處是格格不入的陌生，常常受到當地人用眼光質疑著：「你老是哪位啊？」但沒多久，情況就改變了。東坡〈和陶郭主簿〉：「**孺子卷書坐，誦詩如鼓琴。……閉戶未嘗出，出為鄰里欽。**」這片土地上有絃歌不輟了，東坡還說他自己通常都躲家裡，省得到處有人要恭恭敬敬的對他行禮。這首詩大約寫在紹聖五年清明前後，在海南島生活不到一年。不長的時間裡，轉變很大啊！

因此東坡被逐出官舍時，鄰里與門生們紛紛伸出援手，東坡很快的有地有房，有田，還有花。

本來這裡講漢語的人就少，更別提讀漢書了，東坡卻在短時間內帶動了讀書風氣。在搬新家的那個晚上，東坡很高興的寫下〈遷居之夕，聞鄰舍兒誦書，欣然而作〉。鄰居家的小朋友，夜裡自動自發的朗朗讀書，東坡聽到了非常欣慰。

「幽居亂蛙黽，生理半人禽。跫然已可喜，況聞弦誦音。」

青蛙和水黽都是靠水的生物，以此具象的形容新居的環境潮溼而原始。本來預期在新居將過起半人類半動物的原始生活，本來連聽到腳步聲都會感到驚喜的地方，現在居然能聽到兒童的朗朗讀書聲。兒童的讀書聲有多美好呢？東坡說：「可以侑我醉，琅然如玉琴」，可以當下酒菜，像玉琴彈奏的音樂那般美好。

二、家園躬耕

搬了新家之後，東坡開始經營新家，怎麼經營呢？〈和丙辰歲八月中於下潠田舍獲〉說：「聚糞西垣下，鑿泉東垣隈。」在西牆下，堆肥，在東牆邊，鑿井。

東坡在海南島，發現當地居民喝的水，都是收集起來的雨水。或是用容器儲存雨水，或是露天的積水，都容易滋長細菌，既不衛生，也不好喝。於是東坡帶頭挖井，教村民取井水來用。

得來全不費工夫的是，東坡的新家，牆角邊就有適合挖取水井的地方。東坡當年挖的井，據說現在還有水。後來立碑「東坡井」，歷經千年，井水不枯。

「勞辱何時休，宴安不可懷。」辛苦與羞愧，不知何時能停下來，根本不敢再懷抱著安樂與安逸的想望。

「天公豈相喜，雨霽與意諧。」然而老天爺好像很疼我，總是要雨得雨，要晴有晴，都順了我的心意。人不喜歡我沒關係，老天爺疼我就好了。

「黃菘養土羔，老楮生樹雞。」用大白菜養羊，想著以後就有羊肉吃，而老構樹自己長出了大木耳，新家看來都不愁吃的了。然而「未忍便烹煮，繞觀日百回。」自己養的羊，每天看好幾次，看著看著，就不忍心殺來吃了，養著養著，就養成寵物了。

紹聖五年也就是元符元年，過了六月，東坡在海南島就已度過春夏秋冬，完整的一年。東坡作〈和陶西田獲早稻〉：

早韭欲爭春，晚菘先破寒。
人間無正味，美好出艱難。

韭菜和白菜，先後在天尚寒、地還凍的時候就冒出來了。氣候愈冷，長出來的蔬菜愈好吃，所以高冷蔬菜都很貴。東坡欣喜的說「人間無正味，美好出艱難。」雖然口味是很主觀的，沒有哪種食物一定就是最好吃，但凡是美好的東西總是得來不易，高冷蔬菜是這樣，茶葉也是這樣，大雪或大旱過後，所收成的茶葉總會特別好。「人間美好出艱難」，一語道破一條人生的潛規則，書法也是如此。余秋雨說，趙孟頫的書法美則美矣，但境界上無法突破，因爲他一生是貴公子，沒被生活折磨過，境界也就難以突破。

詩詞也是，網路上看到這麼一句話：「孤獨讓靈魂受苦，而受苦讓詩璀璨。」東坡是最早這麼說的：「非詩能窮人，窮者詩乃工。」許應華老師則說：「舒適圈即英雄塚。」以上可見，英雄所見略同。

三、冠帽設計師

東坡的興趣很廣泛，竟然還喜歡製做帽子，創新造型設計。冠帽在儒家，代表禮的表現。元祐年間，東坡為帝王師時，有詩：「上尊初破早朝寒，茗碗仍沾講舌乾。陛楯諸郎空雨立，故應慚悔不儒冠。」儒冠代表的是儒家的君子。

東坡的門生李廌在《師友談記》提到「士大夫近年仿東坡桶高檐短帽，名曰子瞻樣。」當年東坡在京城時，就曾設計過一款桶高檐短帽，成了大家爭相模仿的樣式，甚至有個專有名詞叫做子瞻樣。

而今流放海外的東坡，又突發奇想，設計了一款椰子冠，並作詩〈椰子冠〉：

天教日飲欲全絲，美酒生林不待儀。
自漉疏巾邀醉客，更將空殼付冠師。
規摹簡古人爭看，簪導輕安髮不知。
更著短簷高屋帽，東坡何事不違時。

東坡曾經有詩：「**酸寒可笑分一斗，日飲無何足袁盎。**」詩中「**日飲無何**」的典故來自袁盎（字絲）。

袁盎在漢文帝時代，因為說話太直，朝廷容不下他，輾轉被調去給吳王當相。要去吳地的時候，侄子袁種跟他說：「吳王已經驕橫很久了，身邊沒什麼好人，如果你想要彈劾他的話，他要不先上書彈劾你，也會直接謀殺你。南方地勢又低又潮溼，你到任之後每天只管喝酒，不要管公事，只要常勸吳王不要謀反就行了，這樣才能保命。」袁盎把侄子的話聽進去了，果然每天只管喝酒，平安度過了任期。

東坡這首詩說「**天教日飲欲全絲**」，如同袁盎（字絲）每天喝酒以保全性命，老天讓我來海南島，也是要讓我可以每天喝，也是為了保全我來著。但東坡每天喝的不是酒，是椰子水。「**美酒生林**

不待儀」，東坡把椰子水當成了美酒。北方沒有椰子這種水果，打開來竟然有飲料可以直接喝。所以東坡覺得這是樹林裡長出來的美酒，不用釀，直接有得喝。

「**自漉疏巾邀醉客，更將空殼付冠師。**」喝空的椰子殼，丟了可惜，東坡端詳著，覺得可以拿來做冠帽。於是就和冠帽師傅商量起來，可以怎麼設計怎麼做。

「**規摹簡古人爭看**」，東坡設計的椰子冠，樸實古雅，吸引了不少目光。重點是「**簪導輕安髮不知**」，用椰子冠簪導攏髮，戴起來還很輕，特別沒負擔。

一般簪導有玉質的，有沉木的，都不如椰子殼來得輕，東坡拿小椰子殼來做簪導冠，覺得又輕又好看。「**更著短簷高屋帽**」，有隆重場合時，還可以直接在椰子冠外再加頂「子瞻樣」的短簷高屋帽，非常方便。

可能有人會覺得怪，於是東坡把話說在前頭，我做什麼不怪呢？「東坡何事不違時」。創新需要勇氣，在生活中便可以找到變化的樂趣。

四、東坡勸農

海南島是熱帶季風氣候，自然生長的植物很多，隨便吃都能飽，男子大多慣於閒散，居民對於耕作不熱衷，到處是荒蕪的土地。種田的人很少，主要的經濟活動是賣香給中原大陸的人，而且是以物易物，用香換牛。

當地人有個陋習，生病不找醫師，找巫師。巫師會指示要殺多少牛來獻祭，病才會好。東坡說，中國人用牛換了沉水香去供佛，以爲燒香可以求福，其實都是在燒牛肉，哪裡能得到福氣。

東坡〈書柳子厚牛賦後〉：「**地產沉水香，香必以牛易之黎。黎人得牛，皆以祭鬼，無脫者。中國人以沉水香供佛，燎帝求福，此皆燒牛肉也，何福之能得，哀哉！**」儋州有黎族，人多姓黎，所以黎人就是儋州人。

海南島生產的稻米並不夠吃，主食常吃地瓜粥和芋頭粥。東坡很同情當地人的窮，所以一直鼓勵當地人要勤勞耕作。在〈和陶勸農六首〉的序中說：「**海南多荒田，所產秔稌，不足於食，乃以薯**

芋，雜米作粥糜以取飽。予既哀之，乃和淵明〈勸農〉詩，以告其有知者。」

元符二年己卯立春，東坡作〈減字木蘭花‧春詞〉，這闋詞被認爲是代表東坡勸農有成。

春牛春杖，無限春風來海上。
便丐春工，染得桃紅似肉紅。
春幡春勝，一陣春風吹酒醒。
不似天涯，卷起楊花似雪花。

春牛春杖，是中原的習俗。《東京夢華錄》：「立春前一日，開封府進春牛，入禁中鞭牛。」北宋朝廷，在立春的前一天，由開封府進獻土牛到皇宮裡，舉行鞭牛的儀式。春杖，又叫春鞭。

宋．陳元靚《歲時廣記》：「春杖子用五（彩）絲纏之，官吏人各二條，以鞭春牛。」春杖有用五彩絲線纏出來的，也有用楊柳枝條權當的。用春杖鞭春牛，是古代祈求豐年的典章制度。東坡把這樣祈求豐年的儀式，帶到海南島了。

海南島夏天很熱，冬天海風很冷，東坡〈和擬古〉說：「海風今歲寒」，好在春天來得早。

「春牛春杖，無限春風來海上。」「春幡春勝，一陣春風吹酒醒。」一闋詞裡，東坡兩度提到春風，用了四個春字。一來是充分欣喜於冬天的冷終於過去了，溫暖的春天來了，同時也代表著文明的教化來了。春牛春杖，以及春幡春勝，都是漢地的習俗，喻意著東坡帶來了農耕技術與文化，這些在東坡的眼裡，都代表了文明的教化。

「**便丐春工，染得桃紅似肉紅。**」唐詩崔護說：「**人面桃花相映紅。**」少女紅咚咚的臉頰，與桃花相輝映時正是春天。東坡乞求春神，讓桃紅點綴這片海外的天地吧。春天當然不只有桃花，這是以偏概全，請求春神，讓百花盛開吧！

「**春幡春勝，一陣春風吹酒醒。**」春幡，本是可以懸掛的旗子。唐朝開始，春幡漸漸成了婦女頭上的裝飾，有金屬的，玉的，漸漸發展成所謂的步搖。步搖，始於兩漢時期。到了唐宋，春幡也成了步搖。

五代．溫庭筠〈**詠春幡**〉：「**玉釵風不定，香步獨徘徊。**」

南宋．辛棄疾〈漢宮春．立春日〉：「**春已歸來，看美人頭上，裊裊春幡。**」

春勝，用絲綢或紙張剪裁成，戴在頭上的裝飾，是春勝。另外也有剪紙工藝，貼在門窗上的剪紙也叫春勝。東坡曾經有詩：「**分無纖手裁春勝。**」

這個春天，放眼望去，好多海南女子頭戴著春幡，家家戶戶也貼上了春勝，這些都是東坡教給當地人的。東坡在春風裡，很滿意的看著，不只是大自然的春天來了，他把人文上的春天也帶進這個小海島了，所以說「**一陣春風吹酒醒**」，在這溫暖的春風裡，讓我從混沌之中，滿意地甦醒過來。

「**不似天涯，卷起楊花似雪花。**」北方到了立春，還有下雪的可能。而海南才立春，楊花柳絮已經飄蕩在春風裡，飛花如飛雪。看漫空中飛花如飛雪，東坡說，我不像流落在天涯，因爲這裡的楊花和中原的一模一樣。楊花到哪裡都是楊花，春天就是春天。海南島的春天和中原一樣好。

本來東坡很同情當地人窮，吃不好，很可憐，努力教他們種植。但後來卻發現，其實這裡的人本來自己都活得很好啊！這個發現寫在〈書海南風土〉：**「然儋耳頗有老人，年百餘歲者，往往而是，八九十者不論也。」**

儋州常常有些老人家能活到一百多歲，八九十歲的更多，就不用提了。所以怎樣的生活才叫做好，是沒有定論的，是自以爲是的。有人喜歡富麗堂皇、金碧輝煌，有人喜歡冰清玉潔、清新脫俗。各花入各眼，沒有誰最美。

東坡悟出了一個道理，窮也有窮的好：「**貧家淨掃地，貧女好梳頭。**」家徒四壁好掃地，沒有首飾好梳頭，簡簡單單也是福，這是極簡主義的先驅啊！

五、海南吾鄉

有一天東坡帶著酒，走訪四個朋友家。子雲、威、徽、先覺，東坡的這四位海南朋友都姓黎，所以在詩題裡合稱「四黎」。東坡在拜訪朋友之後寫了三首詩，詩題是〈**被酒獨行，遍至子雲、威、徽、先覺四黎之舍**〉。

第一首：

半醒半醉問諸黎，竹刺藤梢步步迷。
但尋牛矢覓歸路，家在牛欄西復西。

東坡本來算是方向感很好的人，但新家在一片原始樹林之間，沒有路標，到處是竹子荊棘藤蔓亂長，哪裡看起來都很像，愈走愈迷糊，就迷路了。找不到回家的路，只好「問諸黎」，這裡的人家都同姓黎，東坡看到人就問：我家在哪裡？如果我們在路上隨便抓個人就問，我家在哪裡，應該會被當作精神有問題。但東坡沒被當成有問題，在海南的生活裡，在地人大家都知道東坡，也知道東坡的家住哪裡。

只是怎麼報路呢？這個被問路的人回答得很妙，他說「**但尋牛矢覓歸路，家在牛欄西復西。**」你跟著牛大便走就對了，你家就在看到牛欄之後往西走，再往西走。

王文誥評論說：「**此儋州記事詩之絕佳者！**」這牛屎寫的太好了，是非常好的記事詩，牛大便都出來了，多純樸自然啊！「**必無『令嚴鐘鼓三更月』之句也。**」令嚴句，作於元祐年間，東坡為哲宗皇帝主持祭天大典的時候，號令嚴明，鐘鼓莊嚴整肅。

王文誥說在這個原始純樸的地方，必定不會有那種正經八百的詩句。

第二首：

總角黎家三小童，口吹蔥葉送迎翁。
莫作天涯萬里意，溪邊自有舞雩風。

總角，用兒童的髮型代表兒童。《詩經》說：「總角之宴，言笑晏晏。」小朋友們玩在一起，笑得多麼快樂啊！

黎家的小孩們都跟東坡很親暱，用樹葉吹著曲子，繞著東坡轉，很是高興開心看到東坡來，孩子們把喜歡表現得很直接。

〈古詩十九首〉其中有兩句詩：「相去萬餘里，各在天一涯。」表示和親愛的人分開得很遠，各自孤單的在天樣遠的地方寂寞著。但東坡說「莫作天涯萬里意」，不要因為各在天涯相隔萬里而傷懷，因為「溪邊自有舞雩風」。

「舞雩風」，典故來自於《論語》：「暮春者，春服既成。冠者五六人，童子六七人，浴乎沂，風乎舞雩，詠而歸。」有一天孔子讓學生們講講各自的志向，最後一位學生說，他沒什麼遠大的志向，只想在晚春的時候，和一群大朋友、小朋友們，到河邊去洗澡，在高臺上吹著風晾乾頭髮，然後唱著歌回家。

孔子聽了學生這樣的志向，居然說很好，我贊同，我也想這樣。

東坡青年時，往徐州就任途中，便有詩：「我欲歸休瑟漸希，舞雩何日著春衣？」當時他就想，要是能淡出身邊的官場就好了，什麼時候也能在春天裡只管遊春與吹風就好了？而現在在海南島不就可以這樣了！

在儋州，人人都熟悉我家，兒童們都喜歡我，跟我很要好，當成像自家親爺爺一樣，大家都把我當親人了。所以「莫作天涯萬里意」，我不必再傷感是落難天涯，或離家萬里寂寞滄桑，「溪邊自有舞雩風」，在這裡我能在春天裡吹著風，唱著歌回家，幾乎已過上孔子師生所嚮往的理想生活了！

六、有所不爲

有件事不在東坡訪友的計畫內，所以也沒有出現在詩題中。那就是這天東坡回家後，符老找上門來，有事拜託東坡。東坡向來樂於成人之美，但這事卻不肯同意。

符老是個老秀才，是東坡在海南島一起過第一個上巳節的人，當時東坡稱讚符老「安貧守靜」，以為老符是一個安靜知足的讀書人。但現在東坡發現，這個老符，安靜卻不安分，是個惦惦想吃三碗公半，春心蕩漾的人。

符老風情奈老何，朱顏減盡鬢絲多。
投梭每困東鄰女，換扇唯逢春夢婆。

一般講這首詩，只會講個春夢婆的故事，然後就結案。但看完春夢婆的故事，還是不知道東坡想講什麼。這裡也先來看一下春夢婆的故事，然後再剖析詩裡講的是什麼事。

趙令畤《侯鯖錄》提到：「東坡老人在昌化，嘗負大瓢行歌於田間。」東坡在儋州常常到處遊蕩，隨身攜帶的不是水壺或酒壺，而是一個大瓢，走到哪裡，都可以用這個大瓢吃吃喝喝到哪裡，誰家有水就裝水喝，有酒就喝酒，有飯就吃飯，方便得很。

有一天，東坡揹著這麼個大瓢，一路走，一路唱歌，在田間小路上遇到一個大約七十歲的婦人，這位婦人跟東坡說「**內翰昔日富貴，一場春夢**。」東坡聽了也不覺得冒犯，直接表示同意：「**坡然之。里人呼此媼爲春夢婆**。」從此當地人就稱呼這個婦人叫春夢婆。

然而《侯鯖錄》裡說的春夢婆和東坡這首詩的關係不大，東坡這首詩重點是在「**換扇**」。東坡自己作個小注解說：「**是日復見符林秀才言換扇之事**。」符林秀才，就是符老。這天老符秀才「又來」跟我講換扇的事了。這個要求，符老不知道已經提過幾次了，所以東坡說「**復見**」。

爲什麼符老要和東坡換扇子呢？是想換一把上有東坡題字的扇子。題字對東坡而言是舉手之勞，東坡爲什麼不給呢？

因爲這符老原來是個老不修。東坡說「**投梭每困東鄰女**」，用一個鄰女投梭的典故直捷明瞭說明符老想幹嘛。

《晉書》記載的故事：「**謝鯤字幼輿，陳國陽夏人也。鄰家高氏女有美色，鯤嘗挑之。女投梭，折其兩齒。時人爲之語曰：『任達不已，幼輿折齒。』鯤聞之，傲然長嘯曰：『猶不廢我嘯歌。』**」

謝鯤是兩晉時期，陳郡的名士。因爲鄰家的女孩長得很漂亮，謝鯤就去挑逗人家。靠在窗戶上，吹著口哨，看姑娘織布，時不時講些五四三的情話。而被挑逗的女孩火氣很大，拿起織布的梭子，一丟還很準，丟斷了他兩顆牙齒。當時的人把這件事拿來當笑話講，「任達不已，**幼輿折齒**。」幼輿就是謝鯤的字。這樣的話傳到了謝鯤那裡，謝鯤抬頭挺胸，長嘯一聲，說：「**猶不廢我嘯歌**。」少了兩顆牙，我還是能長嘯，能唱歌，幸好重要功能都還在，沒差啦。

以上，就是鄰女投梭的故事，從這個故事，可以反推出來東坡在講符老的是怎麼一回事了。原來符老找東坡換扇是爲了要向女子求愛！

東坡說他「**投梭每困東鄰女**」，符老每每去挑逗困擾著隔壁鄰家的女孩。顯然符老獻殷勤很多次了，也被拒絕很多次了。而這個鄰家女孩應該也是個蘇粉，因此符老一直想向東坡換一把東坡題了字畫的扇子，去討好那個女孩。但東坡卻直言：「**符老風情奈老何！**」

老符你這人雖然也曾經風流倜儻過，但你現在老了呀！「**朱顏減盡鬢絲多**」，你不只是有一點不年輕了，而是「**朱顏減盡**」，是一點也不年輕了，就饒過人家小妹妹吧！

「**換扇唯逢春夢婆。**」你以為用我一把扇子就能換到一位小姑娘的委身嗎？你只能換到個老姑娘跟你說：「你做春夢吧你！」

所以東坡想說的就是：「老符啊，你就別做春夢了啦！」

東坡的正派在「**君子有所不為**」。他並沒有一味迎合朋友的欲望，而是很自然而然的在保護弱小。只是東坡為什麼把朋友這種羞答答的事明寫在詩裡呢？想來東坡已經勸過很多次了，才有「**是日復見符林秀才言換扇之事**」，符老又來講換扇的事。所以這天東坡借著酒勁，使出最後殺手鐧來，寫了這首詩。這首詩一出，朋友間抄來抄去，難免爭相笑話，看起來老實的老符秀才原來還有著色心春夢。被到處取笑的老符，自然不好意思再去纏著人家小姑娘了。東坡這是以他別出心裁的方式，英雄救美，替老符家的東鄰女，解了色叔的圍。

至於其他向東坡要求題扇的人，東坡通常會很大方的給予。例如惠洪和尚後來渡海到儋州遍訪東坡遺跡，在《冷齋夜話》中說：「東坡在儋耳，有姜唐佐者從乞詩。唐佐，朱崖人，亦書生。東坡借其手中扇，大書其上曰：『**滄海何曾斷地脈，朱崖從此破天荒**。』」為朋友題扇不是問題，前提是用心要端正。

七、東坡造墨

東坡在儋州還發展了一項新技能，造墨。

有一天東坡家裡來了個大陸人，叫潘衡，是江西金華人。來到東坡家，說想借個屋子造墨。

東坡反正沒事，既然有客從遠方來，就給潘衡一個地方，自己沒事也在一旁看他做墨，陪他造墨。但很多天過去了，東坡見他搞了一屋子烏漆抹黑的煙，卻「墨不甚精」，做出來的墨並不行。東坡實在看不下去了，給他提了個建議，要不把煙囪做長一點，把灶做寬一點，這樣一來收集到的煙雖少了些，但造出來的墨會好很多。其實也不是東坡會做墨，而是東坡在物理方面有些經驗。最後墨造出來了，潘衡特地向東坡要了印文說，「海南松煤東坡法墨」，回到中原之後，印有「海南松煤東坡法墨」的墨條大賣，供不應求，潘衡因此賺得盆滿缽滿。

看來潘衡是個很有生意頭腦的人，遠從江西來到海南島，就是打算用故事行銷的廣告手法，找東坡當名人代言，來促銷他的墨。東坡向來君子有成人之美，也樂於當個廣告人，跟著說「皆精也」。

東坡〈書潘衡墨〉：「金華潘衡初來儋耳，起灶作墨，得煙甚豐，而墨不甚精。予教其作遠突寬灶，得煙幾減半，而墨乃爾。其印文曰：『海南松煤東坡法墨』，皆精者也。」

不確定潘衡什麼時候來到海南島，住了多久，但終於做出來第一批墨，並向東坡索要印文「海南松煤東坡法墨」的這一天，是元符二年四月十七日。

同年十二月二十三日，這天是祭灶日，是潘衡和東坡在海南島最後一次造墨，差一點燒了房子。「已卯臘月二十三日，墨灶火大發，幾焚屋，救滅，遂罷作墨。得佳墨大小五百丸，入漆者數百丸，足以了一世著書用，仍以遺人，所不知者何也。餘松明一車，仍以照夜。」經過這次的驚險，他倆就放棄繼續做墨了。留下一車沒用完的松油，東坡說可以留著點燈用。東坡說，最後做的這一批墨，不但這輩子寫書夠用了，還可以拿來送人，但不知送誰。這邊東坡在煩惱著不知道將墨送誰，那邊潘衡回去可賺肥了。

後來有個雜誌記者葉夢得，找到東坡的小兒蘇過，向他要東坡造墨的祕方。（葉夢得，比蘇過小五歲。）結果得到一個樸實的眞相是：

過大笑曰：「先人安有法，在儋耳無聊，衡適來見，因使之別室爲煤。中夜遺火，幾焚廬。翌日，煨燼中得煤數兩，而無膠法，取牛皮膠以意自和之，不能挺，磊塊僅如指者數十，公亦絕倒，衡因是謝去。」

蘇過說，我爸哪有什麼造墨的祕方，重點是無聊的時候，潘衡找上門來說要借個屋子造墨。有一天半夜失火，還差點燒了房子。隔天得了些煤煙，……最後能用的只有幾十個手指頭般小的墨塊。我爸也是笑到不行。潘衡因此也就道歉道謝著離開了。……

後來葉夢得的結論是：「有潘衡者賣墨江西，自言嘗爲子瞻造墨海上，得其祕法，故人爭趨之。……蓋別後自得法，借子瞻以行也。衡今在錢塘，竟以子瞻故，售墨價數倍於前。」

事實上潘衡是從海南島回來之後，再去別的地方才眞正學了造墨，然後利用東坡的招牌，大肆宣傳他的墨是向蘇東坡學來的，於是造成了搶購熱潮。不但在江西大賣，後來還去到蘇粉最多的杭州賣墨，他賣的墨，賺的是暴利，用幾倍的價錢在賣，還供不應求。所以東坡造墨這件事，是潘衡利用東坡發了大財，這是「君子可欺之以方」。但君子從來不怕被利用，別利用去做壞事就好。對東坡而言，並沒有什麼損失，而且潘衡在海南島陪伴東坡住了近一年，也算是很有心了。讓東坡多了造墨的生命體驗，讓日子不那麼無聊。

八、東坡著書

東坡造墨是玩玩的，但寫書，是很認眞的。貶謫嶺南的大把時間，東坡完成了三本他自認爲一生最重要的著作。

《論語說》初稿寫於黃州，定稿完成於惠州。《易傳》東坡寫了很久，是從蘇洵的手裡接過來的初稿，寫了大半輩子，又在海南島續成九卷，終於完成。另外還在元符三年五月完成《書傳》。

傳，是解經的意思。古人很重視解經，因爲這是經驗與文化的傳承。東坡爲三本經典作傳，是效法孔子的述而不作，旨在闡明經典的義涵，而不憑空創作。

東坡期許這能是傳之千古的不朽之作，在〈題所作《書

（傳）》、《易傳》、《論語說》〉中說：

《易》曰：「神而明之，存乎其人。」吾作《易》、《書傳》、《論語說》，亦粗備矣。嗚呼！又何以多爲。

「神而明之，存乎其人」，智慧力與洞察力，是只有人才會有的能力。東坡說他作這三本書，大概已經將這「神而明之」的能力留給世人了，其他都不必要多作了。可見這三本書寄託了東坡多大的心血與期望。

東坡從海南島回歸中原的前夕寫給摯交的信裡說：「某凡百如昨，但撫視《易》、《書》、《論語》三書，即覺此生不虛過。」他告訴好久不見的老朋友，我一切都是老樣子，只是看著摸著這三本書的定稿時，就覺得這輩子已經沒有白活了。

然而就因爲東坡太過重視這三本書，怕被隨便盜版，所以生前都沒有付印，因此沒有流傳。後來宋徽宗下令燒盡東坡作品時，原以爲不朽的著作，都朽了。

東坡雖亦涉獵佛、道，但中心思想是以儒立命。東坡也講學，也注疏儒家典籍，但有宋以來卻由程朱理學家大大佔據了儒學思想的話語權，解釋權。只因東坡的注疏失傳了，這很可惜，因爲東坡與程頤的思想大相逕庭，想必東坡所解的儒學是別具氣象的，可惜不傳。

第十章 最後清算

遠在海外的東坡，一舉一動似乎仍被監視著。被趕出官舍，放逐到樹林子裡的東坡，仍然不被允許在精神上自在快樂著。最後的清算，無疑是章惇的手筆，唯有眞正當過東坡好友的人，才知道如何打中東坡的痛點。

一、打擊東坡的心靈之交

東坡的世外摯交參寥子，託一位年輕比丘長途跋涉帶信來給東坡。這位信使，多年前也曾帶信到京城給東坡，當時年紀小，東坡喚他**潁沙彌**，這回來海南島，東坡稱之爲**潁師**。沙彌已然成年，當比丘了。

東坡有很多出家的好朋友，其中交情最深的是參寥子，連稱號都是東坡給取的：「**錢塘高僧名道潛，以詩見知於蘇文忠公軾，公號之爲參寥子。**」東坡詩文中最常提到的出家人，也是參寥：「**凡詩詞迭唱更和，形於翰墨，必曰參寥。**」

以前東坡官做到哪裡，往往參寥便會尋到哪裡找東坡。當年貶謫黃州，參寥子至少在雪堂陪了東坡一年。這回東坡貶謫嶺南，參寥因多年前受東坡之託，住持杭州智果院，不能輕易的說走就走，但參寥信裡說，正在安排要渡海來找東坡。

東坡回信則說：「**轉海相訪，一段奇事。**」你說正安排要渡海來看我，這想法太奇葩了。「**但聞海船遇風，如在高山上墜深谷中。**」難道你沒聽說海船遇到海風時，在大浪之中，就像從高山被丟到深谷那樣驚險嗎？「**非愚無知與至人，皆不可處。**」不是笨到不行的人，或是聖人，不會讓自己冒這個險。「**胥靡遺生，恐吾輩不可學。**」生無可戀的囚徒才會冒險亡命天涯，我們恐怕不能學。「**若是至人無一事，冒此險做甚麼？**」若是聖人沒事也沒必要冒這個險。「**千萬勿萌此意。**」所以你千萬別想來找我。「**相知**

之深，不可不盡道其實爾。」以我倆的交情之深，我必須跟你說這些實話。「自揣餘生，必須相見，公但記此言，非妄語也。」我相信，今生必定有再見面的時候，您只要記住這句話，絕不騙您。

此外，參寥子還從杭州給東坡寄來楊梅，東坡卻回詩罵參寥實在囉嗦，讓他不要再寄了。

參寥子在四千里外念著東坡喜歡楊梅，而海南島沒有楊梅，眼巴巴的託人渡海給東坡送來楊梅，這是知己的體貼。東坡卻回信罵參寥，這罵也是體貼。東坡將深情偽裝成無情，用責備包裝著關愛。詩題〈參寥惠楊梅〉：

新居未換一根椽，只有楊梅不值錢。

莫共金家鬥甘苦，參寥不是老婆禪。

參寥是出家人，世俗貴重的東西，他沒有，眞弄來了，也不恰當。但四千里送楊梅，方顯兩人相知之深。東坡卻是怎麼回應的呢？他說：「**新居未換一根椽，只有楊梅不值錢。**」你寄來的楊梅不值錢，甚至換不來我新房子的一根木材，就別寄了。東坡這裡怎麼把話講得這麼現實呢？因爲東坡如果說我喜歡，那參寥就會繼續託人送來。從江南到嶺南，其間要過嶺，還要冒險渡海，太折騰，人力物力要比楊梅貴上幾十倍不止。所以東坡說：「**莫共金家鬥甘苦**」，不要跟錢過不去。出家人的東西都來自信徒的供養，錢不能這樣花。最後再補上一句：「**參寥不是老婆禪。**」參寥子你參的不是老婆禪，別再這麼婆婆媽媽的了。

東坡的金剛怒目，是爲了對參寥保護。然而參寥子終究還是受到了東坡的牽累。

雖然東坡極力勸阻參寥渡海來儋州，但讓參寥眞正來不成的原因是，他被朝廷勒令還俗，限制自由，編管兗州（山東）。東坡在海南，就故意困住參寥在遙遠的北方。東坡的世外之交很多，參寥子是唯一受到東坡連累的出家人。

元符二年四月，參寥以度牒姓名不符，判令還俗，編管兗州。參寥本來法號釋曇潛，是東坡給他改名釋道潛，朝廷便以參寥的法名和出家證件（度牒）上的不一樣，判爲冒名頂替而定他的罪，迫他放棄出家人的身分，並困他於山東。東坡最不想連累參寥，但還是連累了參寥。

參寥子出家得早，本是一位自由自在的雲水僧人，受東坡之託，才成為住持一方的和尙，現在，又因東坡而跌入紅塵的泥淖，在江南地方向來受人敬重的名僧，被發配到人生地不熟的山東。黃庭堅曾說參寥是個冷傲的和尙，不屑於和俗人交際應酬，而今突然被勒令還俗，並無謀生之法，可想而知景況之困窘，前途之慘澹。而這一切遠在海南島的東坡並不知道。東坡所期望的「**自揣餘生，必須相見**」之豪語，終究不能實現。至死，他們都未能再相見。

二、打擊東坡的患難之交

東坡剛在儋州安定下來時，對東坡極為照顧的雷州太守張逢，竟被彈劾免職，罪名竟是過於優待犯官東坡兄弟。然而即便如此，新上任的儋州太守，張中軍使，卻更為照顧東坡。接著在元符二年三月，張中也被免職。罪名是曾為東坡修葺倫江驛官屋。但東坡早在元符元年四月就已搬出倫江驛，住到桄榔庵都快一年了，如今卻再翻出倫江驛的舊帳找張中的麻煩。更何況一州之長翻修官驛，何罪之有？這是莫須有的罪名，旨在打擊照顧東坡的朋友。

於是東坡虛構了一個艾子旅行的故事來表達不滿：

艾子在海上旅行，有一晚船停泊在一座小島，半夜水底下傳來哭聲。

一個聲音說：「昨天龍王下令，有尾巴的都要斬死。我是鼉（揚子鱷），有尾巴，怕被殺所以在哭，你是蝦蟆，又沒有尾巴，哭什麼呢？」

另一個聲音回答說：「我現在是沒尾巴，但怕人家算舊帳，想起我當蝌蚪的時候有尾巴啊！」

東坡寫這個故事，意在諷刺愛翻算舊帳的人，根本就不是人，毫無人性。

此外，東坡有詩〈**送張中罷官赴闕**〉。和其他被罷免的州長官不一樣，其他人失業就失業了，張中還要赴闕，回朝廷接受審訊，很可能還會有其他的處罰。東坡當年在湖州也是**罷官赴闕**，接受審訊，結果成了烏臺詩案，被判死刑，差點沒命。

東坡在這首詩中，歷數這段時間的相處有多麼親密：

孤生知永棄，末路嗟長勤。
久安儋耳陋，日與雕題親。
海國此奇士，官居我東鄰。
卯酒無虛日，夜棋有達晨。
小甕多自釀，一瓢時見分。
仍將對床夢，伴我五更春。
暫聚水上萍，忽散風中雲。
恐無再見日，笑談來生因。

空吟清詩送，不救歸裝貧。

東坡來到孤島，在海外荒涼無助的人生，窮途辛苦，本以爲只能和紋身的土著爲伍，沒想到能有一位「**海國奇士**」來當長官，當鄰居。在海南的生活裡，張中幾乎每天都往東坡家裡跑，常常一大早就來喝早酒，到了大半夜還在東坡家，和蘇過下棋，一下一整晚。

「**小甕多自釀，一瓢時見分。**」張中常釀酒，三不五時就幫東坡補充庫存。「**仍將對床夢，伴我五更春。**」夜雨對床，是東坡和親兄弟的約定，在海南，張中彷彿親兄弟一般，陪伴東坡度過每個春天的早晨。

張中的年紀其實和東坡的小兒子相近，只差一歲。人之常情是天天來家裡跟自家孩子玩在一起的孩子，情感上很容易會把他當成自家的孩子，更何況張中一直很照顧東坡，如骨血一般親，當被迫要分離時，才意會到「暫聚水上萍，忽散風中雲。」已經像親人般堅固的情誼，緣分竟只如萍水相逢般的短暫，如今眼前突然就要風飄雲散了。

「恐無再見日，笑談來生因。」我們跟朋友道別的時候，除非彼此有一方病重，不然很少會意識到，這是最後一面。但張中罷官赴朝廷，是不可能再回到海南島了，算算東坡的年紀，張中此去，既是生離，也是死別。而東坡還要笑著安慰對方，沒關係，還有下輩子，咱們來生再會。這裡的笑，可說是比哭還慘。

最後東坡抱歉的說：「空吟清詩送，不救歸裝貧。」除了作詩送你，我一無所有，窮得什麼忙也幫不上。

張中三月收到罷官令，東坡送別的詩，寫得還算克制，唯恐張中因憤懣而魯莽。但東坡在隨後寫給朋友的詩，卻寫出了少見的灰心：「年來萬事足，所欠唯一死」，恐怕這才更表露出東坡的悲憤與痛心。

張中從三月一直磨蹭到十一月，拖了半年多，遲遲不願意離開。照理說罷官赴闕，是要即刻啓程的，只因儋州遠在海外，張中又是軍使，握有兵權，他不走，一時朝廷還拿他沒辦法。但愈是拖著不走，將要面對的麻煩會愈大。

東坡再於十一月作詩，勸張中眞要趕緊上路。

東坡〈再送張中〉：「三年無所愧，十口今同歸。」張中在儋州，紹聖四年來，元符三年走，三年期間沒有對不起國家或人民，可以問心無愧的回去。張中是開封人，也就是出生於首都的人，回京城等於是回老家。所以東坡說「十口今同歸」，你帶著一家老小好好的回家去吧！

「**汝去莫相憐，我生本無依。**」別再因爲可憐我而走不開了，我生來本就是孤單的存在啊。「**相從大塊中，幾合幾分違。**」在這天地之間，從來是數不清的聚散離別。

「**莫作往來相，而生愛見悲。**」

往來相，是佛學名詞，東坡在這裡借用了佛經的名詞。《大法炬陀羅尼經》說：「有生故有死，死已復生，如是則爲因緣往來相也。」

《華嚴經》：「普令歡喜便捨去，而莫知其往來相。」這是普賢菩薩稱頌佛的功德之一。

《金剛經》：「斯陀含名一往來，而實無往來，是名斯陀含。」斯陀含是佛教中二果的聖人，意思是頂多再往返天上人間一次，就能完全解脫，出離輪迴。「斯陀含名一往來，而實無往來」，意思是在聖人的心中，沒有往來相。

所以東坡說：「莫作往來相，而生愛見悲。」對了解實相的聖人而言，輪迴裡的來去只是假相，別被這假相給迷惑了，為了執著而徒然悲傷。這是東坡在勸張中，不要執著於人生的聚散，徒增憂悲苦惱，要用心靈的自由來寬解人身的不自由。

「悠悠含山日，炯炯留清輝。」太陽漸漸地下山去了，但那光明我們永遠也不會忘記。「**懸知冬夜長，不恨晨光遲。**」冬天的夜本來就長，今天更不願意天亮，最好黎明不要來，因爲黎明來了，你就要走了。這一夜，他們相對到天明。但張中走了沒？還沒。

到了十二月，張中還在。從元符二年三月接到詔令，張中一直留連拖延，好大的膽子，律令急急都不知來過幾道金牌，到十二月，眞是非走不可了。東坡記錄下張中最後的身影。

「**留燈坐達曉，要與影晤言。**」你來之前，你走之後，無眠的夜，我夜晚不熄燈，只爲留著影子陪我說話。

「**使君本學武，少誦《十三篇》。**」《十三篇》是指《孫子兵法》。張中本是學武之人，少年時就讀過《孫子兵法》，所以不是個有勇無謀的人，而可以說是文韜武略，文武雙全，充滿才華的年輕人。

「**頗能口擊賊，戈戟亦森然。**」東坡眼中的張中既有殺賊的口才，要動手也沒問題，武藝高強，是個血性剛強的漢子！這樣的漢子「**獨來向我說，憤懣當奚宣！**」這位青年英雄，在不得不離開時，與我最後的道別裡，滿腔的憤恨與不平，不知道要如何發洩。

東坡只能安慰他說：「**一見勝百聞，往鏖皋蘭山。白衣挾三矢，趁此征遼年。**」東坡最後鼓勵張中，以他的才華，見到他的人必然不會埋沒他的，當可建功立業，應當珍重年輕有用身！

然而在現實的面前，東坡的鼓勵顯得蒼白而無力。

三送張中的三首詩，簡單講到這裡。張中在《宋史》無傳，王文誥補充說：「張中者，卒以公故，廢，死。」張中最後因爲東坡的緣故，被廢，而死。張中離開儋州不久，便死在路上。年紀輕輕，才華橫溢的有爲青年，因爲跟東坡要好，竟被逼死了。令人不禁唏噓。

在元符二年的深秋，張中一再被催著要離開卻死不離開的時候，東坡百感交集，徹夜未眠的寫下一首〈倦夜〉：

倦枕厭長夜，小窗終未明。
孤村一犬吠，殘月幾人行。
衰鬢久已白，旅懷空自清。
荒園有絡緯，虛織竟何成！

失眠的人，夜特別長。在枕頭上翻覆來去，很累，又睡不著，也等不來天亮。

東漢．王符說：「一犬吠形，百犬吠聲。」意思是，眞正看到人影的只有一條狗，其他九十九條狗都是跟著叫而已。而在東坡的這個村子裡，總只有一條狗，孤村孤犬，不但人孤單，狗都寂寞。當東坡聽到狗叫聲，就想到夜路上有人走動，便豎起耳朵來聽，是張中要走了嗎？要來做最後辭別了嗎？「**殘月幾人行**」，定是有人在月夜裡走動，才引起了小狗的亂叫。

「**衰鬢久已白**」，青山本無憂，爲雪白頭。憂愁早白。東坡二十七歲就有白髮了，所以說久已白，是實寫，不是泛說。「**旅懷空自清**」。自清，是坦坦蕩蕩的。空自清，坦蕩蕩有什麼用呢？「空」字是白白無用的意思。

長久以來，哪怕身在遠方，一向都是坦坦蕩蕩的，然而坦蕩蕩的我也是白搭，沒有用，一切都是徒然。

「荒園有絡緯，虛織竟何成。」東坡在黑夜裡，睜眼躺著，聽著一切的聲音，一下子是狗吠，一下子是蟲鳴。無論是蟋蟀還是紡織娘，叫聲都很像是織布的聲音，但紡織娘叫了也是白叫，什麼也沒織出來。就像東坡一樣，一生經營一場空，功名事業空一場，換來的是滿腹冤枉，喊了也沒用，所以說**「虛織竟何成」**。

在東坡的詩裡，這是少見的自我否定，沮喪到底，不只是失眠的夜，而且還是看不到希望的，忐忑不安的夜。紀昀說**「結有意致，遂令通體俱有歸宿，如非此結，則成空調。」**紀昀說東坡最後這句詩總結得非常好，如果不下這麼沉重的落筆，便收攝不了全篇的空叨叨。紀昀作爲資深讀者，在這裡只看見東坡的文筆，卻看不見東坡的黯然神傷。所以說相交滿天下，知心有幾人。表達有什麼用呢，愛聽的人都不一定聽得懂了，更何況通常也沒誰是愛聽的。

除了張中之外，東坡的門人「**秦觀徙雷州。張耒、晁補之皆再坐降。**」東坡和他的朋友及學生們，不要說其實沒有罪，就算是有罪，一個罪是要罰幾次？沒完沒了的舊帳，一再的被翻出來算了又算。

三、身心兩艱難

在張中走後，東坡的日子隨即艱難了起來。在〈**過黎子雲新居**〉

中，東坡這麼說：

半園荒草沒佳蔬，煮得占禾半是薯。
萬事思量都是錯，不如還叩仲尼居。

田園裡大半是雜草，已經淹沒了許多好蔬菜。東坡在黃州時就已是很好的農夫，爲什麼在海南最閒的時候卻讓田園荒廢了呢？應該是沒有心情，也沒有動力了。以前在黃州，吃飯的人多，除了一二十口家人之外，還有許多從遠方來找東坡的朋友，東坡要想辦法餵飽大家。而現在在海南島，就父子兩個人，本來天天會來家裡的，帶來快樂與活力的，已然像家人的張中，又已遠去，死生不知。五間房裡只剩爺兒兩個。沒有心情了，沒有動力，便任由田園荒廢了。

對原本充滿活力的東坡而言，放任田園的荒廢，就是人的頹廢。

「煮得占禾半是薯。」煮得一鍋飯來，有半鍋是地瓜。和當地人一樣，東坡也吃起地瓜飯了，這不是入境隨俗，而是對生活的擺爛。

「萬事思量都是錯」，想來想去一切都是我的錯。

鍾曉陽年輕時也填過一闋詞：「昔作少年遊，翠廊深處認回眸。縱使相逢非故我，今後，白首書成人人咒。幾度上層樓，腰肢倚倦扶欄手。憑欄只思當時錯，從頭，細說平生一段愁。」鍾曉陽這闋〈南鄉子〉絕對有受到東坡的影響。兩位詩人，雖然都在想著自己的錯，意境卻很不一樣。

鍾曉陽的詩，是初試啼音，用少女的嬌嫩吟咏著成長的苦澀，

「憑欄只思當時錯」，那時的我錯了呀。而東坡的「萬事思量都是錯」，則是一生沉重不堪的疲憊。是再回首時已百年身的無可挽回。

東坡還有這樣兩句詩：「我似老牛鞭不動，雨滑泥深四蹏重。」以詩解詩，來看東坡這個「都是錯」之沉重的，像在大雨滂沱之中，深陷泥濘裡的老牛，再怎麼搥打我，我也走不動了。

好在東坡並沒有就一頭全鑽進去這個頹廢的牛角尖裡，他自覺的發現了自己的消沉，於是又一頭轉了出來，「不如還扣仲尼居」，轉念一想，不如出門找個朋友吧！以仲尼來比喻詩題提到的子雲。

「仲尼居」是《孝經》開宗明義第一句，所以東坡以仲尼居來比喻黎子雲的新居，是在表示黎子雲就是個孝子。

「萬事思量都是錯」，想來想去一切都是我的錯。但錯都已經錯了，天涯流落已成事實，生離死別已成事實，田園荒廢也是事實。既然在家裡看著飯碗裡的地瓜就難過，那就換個地方吃飯吧！

據說張中離開後，蘇過就常常去黎子雲家，這天東坡想想，也去了黎子雲家。

也是張中剛離開的那個冬天，那個月，元符二年農曆十二月二十二日，東坡寫了三首詩。題爲〈縱筆〉，意思是放任手中的筆隨意寫寫。第一首詩這麼寫著：

寂寂東坡一病翁，白鬚蕭散滿霜風。
小兒誤喜朱顏在，一笑那知是酒紅。

「**寂寂東坡一病翁**」，冷冷清清，如今沉默的東坡我，是個病老頭。

「**白鬚蕭散滿霜風**」，稀稀疏疏的白髮白鬍鬚，滿面褶皺，滿臉風霜。

「**小兒誤喜朱顏在**」，小兒子高興的說我的氣色還很好。

「**一笑那知是酒紅**」，我笑一笑，傻兒子不知道我其實是喝多了。

東坡平常酒喝不多，一時喝多了兒子看不出來，還以爲是氣色紅潤了。紀曉嵐評論說：「**歎老語如此出之，語妙天下。**」妙在什麼地方呢？妙在這個「**笑**」字。

第一，寓哀於樂。用笑容包裝他的悲哀，分外慈祥，也分外悲涼。

第二，笑小兒子的天眞無邪，沒有讓苦難給汙染了，這值得安慰。

然而，換個角度，從蘇過的眼光來看，則是完全不同的心思。親人的憔悴，親人是最清楚的，蘇過怎麼可能會看不出來父親的滄桑與疲憊呢？但他又能說什麼呢？他只能安慰父親說「您今天氣色很好呢！」然後默默的把心疼與不捨，打包起來吞進肚子裡。所以這首詩可以從兩個角度看，看到的是父慈與子孝。

第二首詩寫的是東坡出門之後。

父老爭看烏角巾，應緣曾現宰官身。
溪邊古路三叉口，獨立斜陽數過人。

烏角巾，古代葛布黑色有折角的頭巾，常爲隱士所戴。這時東坡頭戴烏角巾，站在路邊，處處被當成吉祥物，供人人觀賞。

陳湛銓教授說：「**昔是宰官身，今著烏角巾，貴賤殊絕，不亦重可哀乎？**」教授的意思是，過去與現在貴賤差別這麼大，不更是加倍的可悲嗎？但我不認爲東坡這裡是在爲今非昔比，貴賤懸殊而悲哀。

在《普門品》中，有這樣兩句話：「**應以宰官身得度者，即現宰官身而爲說法。**」「現」字所表現的本是短暫的意思，是一時順應機緣而出現的。所以東坡要表達的應是，在海南島已經住了兩年多了，走到哪裡都還是被盯著看，東坡也好奇著大家對他的好奇，於是自己想個答案，大家老是關注我，總要多看我兩眼，大概是因爲我過去曾經當過大官吧！東坡在這裡不是因爲今非昔比而悲傷，而是想當一個平平淡淡的人而不能。

曾經奔走過大江南北，奔忙於國家大事的東坡，現在沒事停在溪邊古道的三叉路口，一個人站在黃昏的夕陽裡，數著過路人打發時間。人人看我，我看人人。但沒有人和他說話。

紀昀說這裡是：「含情不盡。」但東坡說他只是在想著吃的而已：

北船不到米如珠，醉飽蕭條半月無。

明日東家知祭灶，隻雞斗酒定膰吾。

張中離開後，東坡的基本生活又陷入了困難，又回到最初剛來儋州時的窘境，要米沒米，要肉沒肉。

大陸的船沒有來，沒有貨源，米貴得像珍珠，只好喝酒當飯吃。有半個月的時間，酒就是東坡的主食，還好古代的酒都是糧食釀的。

「**明日東家知祭灶**」，東坡心裡想著，鄰居應該知道明天是祭灶神的日子吧，拜拜過後，一定會請我過去吃肉喝酒的吧。

最後將三首詩放在一起看，可以看到東坡完整的這一天。

首先，還沒出門時，東坡一大早獨自喝了點酒，家裡除了兒子之外，門戶是冷清的。然後出門隨便走走，沒有目標也沒有體力，一個單薄瘦削的白髮老人，走到路口，看人來人往，在那兒站到日落黃昏。肚子咕咕叫了，想到已經很久沒有吃飽，於是盤算著明天鄰居家拜拜，應該會請我吧？

三首詩，描寫了東坡這一天的日子和這一天的所思所想，是那麼的單純，卻也是那麼的淒楚。

四、人禍？或是上天的清算？

元符三年正月初七，東坡作了兩首詩，詩題是〈時聞黃河已復北流，老臣舊數論此，今斯言乃驗〉。

黃河北流的事情發生在元符二年，但到了元符三年東坡才得到消息。

起因於宋哲宗堵閉黃河北流的河道，想要迫使黃河東流，以便成為大宋首都的護城河。這件事情曾在元祐三年一再被提起，當時東坡力爭說，絕對不可以！東坡說：「**於經筵極論黃河不可回奪利害！且上疏爭之，遂大失執政意。**」當時不惜和執政者反目，也要反對黃河的改道工程。但這個工程卻在東坡最後離京的那一年，元祐八年，啓動了，哲宗皇帝下定決心堵死北流的黃河，僅僅只「開小河一道」以防止漲水，最後卻導致黃河在元符二年二月和六月決口，水淹大地，再復北流。創了有史以來最慘烈的水患。這次黃河大氾濫，是人禍，不是天災。淹死了不計其數的百姓。史稱：「**千里蕭條，間無人煙。**」千里大地，人全淹死了。

《歷代名臣奏議》記載這次的水患：「**蓋自開元、大曆以來，水未有如此之大，非堤之過也。**」這是自唐代以來，最大的水災，死傷不計其數，無法計算。「非堤之過也」，黃河決堤不是堤防的過錯，是人之過錯。東坡曾經極力反對的事，叛逆的年輕人他偏要做，他想要證明東坡是錯的，結果是以慘痛的代價證明了東坡是對的。

在宋神宗時，也整過黃河，也失敗了，也淹死了很多人。當時東坡在徐州當太守，於很短的時間內疏導舊河道和鞏固城牆，雙管其下，勉強保住了徐州一城百姓的生命與財產，當時東坡就很氣憤的這麼說：「汝以有限之材，興必不可成之役」，這是必然不可能成功的工程，卻偏要做！「驅無辜之民，置之必死之地。」根本就是逼人民去死。「橫費之財，猶可力補」，亂花掉的錢，還可以想辦法補回來，「而既死之民，不可復生！」但已經死掉的人，活不回來了！現在，神宗的兒子哲宗，又再來一次同樣的過錯，而且禍害更嚴重。

在東坡為黃河已復北流作詩之後的兩天，哲宗皇帝駕崩了，年紀才二十四歲。哲宗之死，很難與黃河的錯誤工程無關吧？畢竟死了那麼多人，身為一國之君，能不為這樣的決策內疚嗎？

哲宗駕崩之後，向太后扶持端王趙佶繼位，是為宋徽宗。從此敲響了北宋的喪鐘。徽宗即位不久，貶章惇於雷州。

宋徽宗即位之初，由向太后（宋神宗的皇后）垂簾聽政。而這一切朝局的劇變，東坡遠在海外，全不知道。哲宗死後第三天，東坡還在一心一意的釀酒、寫詩，詩題〈**庚辰歲正月十二日天門冬酒熟。予自漉之，且漉且嘗，遂以大醉**〉。東坡一邊濾酒，一邊品酒，不知不覺，不知喝了多少，喝到後來站都站不起了。

自撥床頭一甕雲，幽人先已醉濃芬。
天門冬熟新年喜，麴米春香並舍聞。
菜圃漸疏花漠漠，竹扉斜掩雨紛紛。
擁裘睡覺知何處，吹面東風散纈紋。

「床頭一甕雲」，借用了白居易的詩意：「南山入舍下，酒甕在床頭。」

「自撥床頭一甕雲，幽人先已醉濃芬。」我才撥開酒甕裡的酒糟，準備要濾酒，就先被酒香給醉倒了。

「天門冬熟新年喜，麴米春香並舍聞。」天門冬是酒的名稱，麴米春也是酒名。新年到時，天門冬酒熟得剛剛好可以喝，可以歡慶新年。春天到時，一開酒甕，滿戶生香，鄰居家都能聞到我家的酒香。

「菜圃漸疏花漠漠，竹扉斜掩雨紛紛。」菜園裡菜愈來愈少，花愈來愈多，菜園漸漸變成了花園，修竹圍籬之內，竹窗竹門虛掩著，戶外花海在細雨綿綿之中。這是翛然世外的精神世界，遠超世俗紅塵。

「擁裘睡覺知何處，吹面東風散纈紋。」東坡披著外套睡著了，睡醒時，恍惚間想問人在哪裡，哦，人在春風裡，就讓春風吹散了我臉上眉間的皺紋吧！

這首詩寫得輕鬆愜意，但結局是東坡灌醉了自己。不知拚得這一醉，有幾分是爲蒼生？幾分是爲皇帝？幾分是爲自己？

第十一章　最後海南

元符三年五月五日：「蘇轍授豪州團練副使，岳州居住。」弟弟蘇轍從循州接到新的任命，便就近到惠州白鶴峰帶走自己的家眷，前往湖北，走馬上任。

緊接著，「蘇軾以瓊州別駕廉州安置。」對東坡而言，這是個大驚喜，有詩道：「餘生欲老海南村，帝遣巫陽招我魂。」原本以為將老死在海南的村落，沒想到，竟然可以回歸中原了！東坡六十二歲六月渡海至瓊州，六十五歲五月被召還，總計整整有三年的時間留在海南島。

東坡首先被調回廉州，在雷州的西北邊，今天的廣西合浦。三個月後再移舒州，屬於安徽，近河南。但這並不是宋徽宗對東坡的善意，而是垂簾聽政向太后對東坡的憐惜。

收到詔令的東坡，寫了一首〈儋耳〉詩，頗能表達得以北歸的喜悅心情：

霹靂收威暮雨開，獨憑欄檻倚崔嵬。
垂天雌霓雲端下，快意雄風海上來！
野老已歌豐歲語，除書欲放逐臣回。
殘年飽飯東坡老，一壑能專萬事灰。

上天收起雷霆之怒，雨過天青，黑夜過去，黎明到來。「霹靂收威暮雨開」，這裡是以黑夜和風雨來比喻貶謫以來的折騰和困頓，而今這些困頓都要在天威之下退散開了。「獨憑欄檻倚崔嵬」，風雨過後的清晨，東坡走出來靠在欄杆上感受著大山的雄偉。

「垂天雌霓雲端下」，當天上出現兩道彩虹時，外面那圈比較模糊的叫做霓，內圈顏色較鮮明的就叫做虹。天上有虹不一定有霓，但有霓，一定會有虹。所以「垂天雌霓雲端下」意謂著，天邊雲端垂下兩道七彩虹霓，暗喻著皇帝的聖恩與太后的慈恩。（「雌」字有可能隱喻著向太后的慈恩。）

「快意雄風海上來。」東坡曾在黃州寫道：「堪笑蘭臺公子，未解莊生天籟，剛道有雌雄！一點浩然氣，千里快哉風！」當時他反駁宋玉的大王雄風之說是硬說，風就是風，哪有雌雄之分。但現在他眞切的感受到了天子的恩澤果然如海上雄風，那樣的有威力，那樣的痛快！

以上兩句詩也象徵著東坡此時的心情，如同沐浴在一圈圈的七彩虹霓之下，吹著痛快清爽的天風！

「野老已歌豐歲語，除書欲放逐臣回。」在這普天同慶的大好豐年，一紙詔書要恩免放逐的老臣能回中原。

「殘年飽飯東坡老，一壑能專萬事灰。」

「一壑能專」的典故來自《漢書》：「漁釣於一壑，則萬物莫奸其志；棲遲於一丘，則天下不易其樂。」意思是隱士縱情山水，只在一丘一壑之間，再無心其他。王安石退休後也曾用過這個典故：

「我亦暮年專一壑，每逢車馬便驚猜。」表示自己的退休生活，並不想被人打擾。

這裡東坡說：「殘年飽飯東坡老，一壑能專萬事灰。」意思是在我所剩不多的風燭殘年裡，此後只要能吃得飽，有個窩，便別無他求了。這兩句，是詩言志。表示此後志向如此淡泊之外，應該也是在消彌政客們的猜忌，自己並不會再構成任何人或任何事的威脅了。

後來在南北宋之交有位詩僧釋惠洪法師（年紀和東坡的小兒子蘇過相近），特地去到海南島，走東坡走過的路，找認識東坡的人。他說：「予遊儋耳，及見黎氏為予言，東坡無日不相從乞園蔬。」我去到海南島，聽黎先生說，東坡沒有一天不去找他要蔬菜。看來這位黎先生，對於當東坡的鄰居，很津津樂道，「出其臨別北渡時詩」，還拿出東坡離開海南島前寫給他的詩來獻寶：「其末云『新醞佳甚，求一具。』臨行寫此詩，以折菜錢。」你新釀的酒很好，求給一壺，我寫詩給你抵酒菜錢。

當時東坡寫給鄉民的詩，題爲〈別海南黎民表〉：

我本海南民，寄生西蜀州。
忽然跨海去，譬如事遠游。
平生生死夢，三者無劣優。
知君不再見，欲去且少留。

這首詩顯然有個前提是，很多人來恭喜東坡說，要回去了，一定很開心吧！因此東坡說，回去哪裡呢？我本就是這裡的人：「我本海南民，寄生西蜀州。」當年只是寄生在四川而已，我原屬於這裡，還要回去哪裡呢？

「忽然跨海去，譬如事遠游。」現在我要渡海離開，就像是要離開家鄉去遠方旅行。

「平生生、死、夢，三者無劣優。」生，以及死，以及夢，這三者沒有好壞的差別。出生的地方、死亡的地方、做夢的地方，我東坡待過的地方，在我心裡的分量都是平等的。

「知君不再見，欲去且少留。」然而此地一爲別，今生不再見，所以我還是再留一會兒吧！

東坡在海南島的生活，整體是辛苦的，他曾面對著半碗地瓜飯，灰心的說「**萬事思量皆是錯**」，他曾經無奈的站在三叉路口，百無聊賴的數人頭。而眞要離開的時候，又捨不得了，「**欲去且少留**」，忍不住又多留了一陣子。

這首詩因爲是寫給海南黎民看的，所以文字好像挺淺白，但其實隱藏了幾個典故。

「**平生生、死、夢**」，可以追溯到《莊子．齊物論》：「方生方死，方死方生。……方其夢也，不知其夢也。」講的是生死同時。意思是夢中不知是夢。

「**欲去且少留**」，可以對照到司馬相如的〈大人賦〉：「世有大人兮，在乎中州。宅彌萬里兮，曾不足以少留。」此賦中的大人，是指天子。天子在中原有幾萬里的豪宅，但當他要去遨遊天庭的時候，卻毫不留戀他在凡間中原的一切。而東坡是反著用這個典故，他說「欲去且少留」有兩層意思：

首先，大人毫不留戀，但我不是大人，我只是一個凡人。

其次，我對世間人情到處留戀，有朋友在的地方，就是我依依不捨的地方。

司馬相如〈大人賦〉的內容與形式，被認爲通篇在模仿屈原的〈遠游〉。東坡在詩裡也提到「遠游」，這是不留痕跡的用典，對於完全不知道典故的人來說，讀這首古詩也完全沒有問題。這是東坡高明而又親切的地方。

東坡在海南島又多留了一個多月，在一個多月的時間裡，應該已被各戶人家輪番請過一遍了。但到了要開船的這一天，還是有十幾個父老帶著酒菜到船邊送別。東坡說：「某離昌化時，十數父老攜酒饌至舟次相送，執手涕泣而去。且曰『此回與內翰相別後，不知甚時再得相見？』」老人家們拉著東坡的手，掉著眼淚問說，這回離開，什麼時候能再回來給我們看看呢？這些純樸的海南人是真正把東坡看成鄉親了。此情此景被記載在宋．范正敏的《遯齋閑覽》。

東坡在五月上旬收到詔書，一直留到六月二十日才離開，選擇在夜晚上海船，本意是悄悄的走。沒想到父老們依然月下來相送。東坡上船，留下一首〈六月二十日夜渡海〉：

參橫斗轉欲三更，苦雨終風也解晴。

雲散月明誰點綴？天容海色本澄清。
空餘魯叟乘桴意，粗識軒轅奏樂聲。
九死南荒吾不恨，茲遊奇絕冠平生。

參星打橫，北斗星轉向，當時起航大約是快三更天。東坡人生的氣象從此刻起又是一個大轉變了。「苦雨終風也解晴」，有兩層意思：一是，連日的風雨，在東坡要渡海的這個晚上，終於放晴了，放眼萬里的夜色，一覽無遺，這是實寫。第二，也意味著東坡這回合的人生考驗，這段苦難泥濘的人生，到此總算告一個段落了。

「雲散月明誰點綴？天容海色本澄清。」海邊的天空，放眼是無邊無際的澄明，雲已散去，星河轉，月空明。東坡自問自答，如此美好的夜空，是誰的手筆呢？不是誰的手筆，而是天地的本色如此。海邊沒有光害的星空，一定驚豔著東坡，故而寫出如此澄明的詩句。這兩句詩除了描寫澄澈的夜空之外，似乎也是歷劫歸來，終領悟到「**何期自性本自清淨，何期自性本不生滅**」的超然見地。

「**空餘魯叟乘桴意**」，典故是來自於孔子說：「**道不行，乘桴浮於海。**」孔子說要乘桴浮於海，只是說說，而東坡則是眞正實踐了的人，所以很得意。但爲什麼說「**空餘**」呢？因爲東坡此刻要從海上回中原了，這不是出海，而是返航，是完全不同的景況了。於是把這「**乘桴浮於海**」的意境「**空餘**」留在海面上吧！

「**粗識軒轅奏樂聲。**」軒轅氏，是三皇五帝中的黃帝，炎黃子孫的黃，是漢人的始祖。《莊子．天運》說：「**帝張〈咸池〉之樂於**

洞庭之野。」黃帝曾在洞庭湖邊上演奏名爲〈咸池〉的音樂。

東坡這裡把在海南島岸邊滔滔滾滾的海濤聲、海潮音，形容成像是黃帝演奏的〈咸池〉樂聲。在這個沒有被人爲染指的地方，才眞正聽到了來自遠古的聖樂。如果沒有來海南島，就不可能有這樣的體驗。於是他爲這回貶謫海外的體驗做了個總結：

「九死南荒吾不恨，茲遊奇絕冠平生。」 屈原在〈離騷〉說：「亦余心之所善兮，**雖九死其猶未悔**。」東坡在海上說，就算讓我在海南島死九遍，我也不恨，因爲這些天海滄茫的奇景，在我平生遊歷的名勝裡，是第一名。此生了無遺憾。

經歷了那麼多困苦、迫害，與委屈，東坡給出的結論是「**九死南荒吾不恨，茲遊奇絕冠平生**」。他沒有沉浸於舔舐自己的傷疤，而是讚美經歷的奇葩；他並不去議論造化弄人，只有讚美造化。讓結局只保留美好的那一面。東坡眞正做到了這麼一句話：「敵人可以剝奪我的一切，唯獨不能剝奪我的善良。」

本來政敵們是要東坡死在海外的，然而東坡現在卻打包起豐富的閱歷，更健康快樂的要回中原去了。所以《法句經》說：「**假若無有瘡傷手，可以其手持毒藥。毒不能患無傷手，不作惡者便無惡。**」你不曾種下客死海外的惡因，那麼不管怎麼折騰你，你也不會收穫客死海外的惡果。

最後盤點一下東坡留給海南人什麼呢？

《瓊臺紀事錄》：「宋蘇文忠公之謫居儋耳，講學明道，教化日興，瓊州人文之盛，實自公啓之。」從此這片土地上長久仰慕著東坡遺風，教化一開至今九百多年，儋州依然盛行文風與詩情。

在東坡走後第三年，學生瓊山人姜唐佐成了海南的第一位舉人；第九年，學生儋州人符確成了海南第一位進士。東坡確實做到了，自己上海南島之前的許諾：**「天其以我為箕子，要使此意留要荒。」**果真啓蒙了邊地的教化，遺澤至今。

海南人民在中和鎮載酒堂的原址修建了東坡書院，以紀念東坡。古往今來，天高皇帝遠，多少王侯將相，對於海南人來說，都不值一顧。唯一讓他們懷念的只有「我們的蘇東坡」。蘇東坡成了海南島的蘇東坡，也成了海南島的驕傲。

六月二十一日東坡在徐聞上岸，等待著東坡的是秦觀，以及雷州太守，和海康縣縣令、徐聞縣縣令等等，許多舊雨新知，都在岸邊等著迎接東坡。

在雷州期間，秦觀給東坡看自己爲自己作的輓詞，得到東坡的讚美。沒想到一個多月後，八月十二日，秦觀在藤州中暑，眞的與世長辭，年僅五十二歲，令東坡非常震驚，因爲才見面的時候，秦觀還好好的。而秦觀也成了蘇門四學士中唯一有和東坡訣別的門生。

第十二章　北歸中原

東坡本想從雷州海康縣陸行七百里到廉州。但連日風雨，路與橋多坍壞，六月二十五或二十六留宿在興廉村淨行院，有詩〈雨夜宿淨行院〉：

芒鞋不踏利名場，一葉虛舟寄渺茫。
林下對床聽夜雨，靜無燈火照淒涼。

看到「**對床聽雨**」，就知道是因爲沒有見到弟弟蘇轍而感到遺憾。

隨後東坡在廉州受到熱烈的歡迎，廉州太守以及地方名士隨侍左右，到各處遊覽。並爲名勝海角亭題寫「**萬里瞻天**」。

一、回首少年時

在廉州，有一個老友歐陽闢在等著東坡。歐陽闢，字晦夫，廣西桂林人，當地一個小小縣令，和東坡一樣曾是梅聖俞的門生。

梅堯臣，字聖俞，世稱**宛陵先生**。算是東坡的第一位伯樂，早在東坡少年時，梅聖俞便是東坡的父執。

歐陽晦夫向東坡展示諸多字畫，其中有一幅是梅聖俞〈贈歐陽闢詩〉：

客心如萌芽，忽與春風動。
又隨落花飛，去作江南夢。
我家無梧桐，安可久留鳳。
鳳棲在桂林，烏哺不得共。
無忘桂枝榮，舉酒一以送。

這是梅聖俞寫給歐陽晦夫的詩稿，因爲歐陽晦夫是桂林人，所以詩中說「鳳棲在桂林」，是稱讚歐陽晦夫如同出身桂林的鳳凰。這讓東坡心中感觸很大，因為在東坡小時候，梅聖俞也曾經稱讚過東坡兄弟是鳳凰。於是東坡在梅聖俞的詩稿上，接著寫下數百字：

先君與聖俞遊時，余與子由年甚少，世未有知者，聖俞極稱之。家有老人泉，聖俞作詩曰：

泉上有老人，隱見不可常。蘇子居其間，飲水樂未央。
泉中若有魚，與子同徜徉。泉中茍無魚，子特玩滄浪。
歲月不知老，家有雛鳳凰。……
去為仲尼嘆，出為盛時翔。方今天子聖，無滯彼泉傍。

梅聖俞是東坡父親（蘇洵）的好朋友，當東坡和弟弟年紀還很小的時候，梅聖俞藉著東坡家的老人泉寫了一首詩，詩意是，蘇洵你年紀大了，愛怎樣逍遙過日子都行，但你的兩個兒子，是「雛鳳凰」，是難得的少年人才，一定要培養他們，將來爲盛世服務，千萬別埋沒了他們。以上是東坡對往事的回顧。

然後回到現實來，「聖俞沒，今四十年矣。南遷過合浦，見其門人歐陽晦夫，出所爲送行詩。」梅聖俞過世，已經四十年了，現在看到他以前寫給學生歐陽晦夫的詩。「晦夫年六十六，予尚少一歲，鬚鬢皆皓然，固窮亦略相似。於是執手大笑，曰：聖俞之所謂鳳者，例皆如是哉！」

東坡說，我和歐陽晦夫年紀差不多，他只比我大一歲，我倆如今都是白髮白鬍鬚的老人了，而且守窮也差不多。怎麼被梅聖俞稱做鳳凰的，到頭來都混得不怎麼樣啊！想到這裡，東坡拉著歐陽晦夫的手大笑了起來。

「**天下皆言聖俞以詩窮，吾二人者又窮於聖俞，可不大笑乎！**」大家都說梅聖俞因爲詩作得好而窮。沒想到，我們這兩隻鳳凰，混得比他更窮，這可不是太好笑了！

東坡這種爽朗，我是佩服的。在走過人生的大半場，大半輩子之後，此時此地回顧兒時長輩的期許，只是付諸一笑，而不多做計較。我們在人生的各個階段，也總會不斷的回顧，回顧裡可能有悲有喜有懊悔，有曾經放不下，而今已經釋懷的，也有總之都不能釋懷的。但人生不怕回顧，就怕從不回顧，卻在一回頭時，一生已到盡頭。

這次和歐陽晦夫的相會，歐陽特地準備了兩樣別緻的禮物送給東坡：一是歐陽夫人親手縫製的細工白帽，叫接䍦，再由歐陽公子抱出來一床琴枕。誠意滿滿。東坡有詩：

「妻縫接䍦霧縠細，兒送琴枕冰徽寒。」琴枕就是模仿古琴的樣式做成的竹枕。東坡很喜歡這個琴枕，覺得它具備了陶淵明無絃琴的意涵，好像幻想中的吉祥物眞實出現了。因而東坡爲這床琴枕寫了至少三首詩。

「得此古椽圍尺竹。剖作袖琴徽軫足。」琴枕的材質是大竹子，樣式像小一號的古琴。「清眸作金徽，素齒爲玉軫。」表示做工精良，花紋如金徽玉軫，「斕斑漬珠淚」，表示這竹是湘妃竹，有像淚痕一般的印記，極難得。「宛轉堆雲鬢」琴枕不是琴，而是枕頭，與烏黑亮麗的頭髮最相得益彰。顯然是美妙有趣又實用的禮物，東坡很是喜歡。然而，東坡離開廉州不久，卻又把這些禮物快遞全退了回去。爲什麼呢？

東坡說：「仁人之餽，固當捧領。」本來仁者的饋贈，我應該要拜領收下的。「但以離海南，僧人爭致贍遺，受之則若饕餮然，所以一路俱不受。」但是因爲離開海南島的時候，要送我禮物的人太多，如果我都收了，就會像個貪心不足的怪物，所以我乾脆一路上誰送的禮都一概不受。「若至此獨拜寵賜，則見罪者必眾。」如果唯獨在這裡收下你的禮物，那麼其他被我拒絕的許多人一定會心裡不舒服。「謹令馳納，千萬恕察！」因此我快遞送還回去，請您千萬見諒。

看來東坡本來想破例收下來，但心裡總歸很糾結，如果破例收下了，就沒法再說我都不收禮了。於是東坡一番心理掙扎之後，又讓人把愛不釋手的琴枕，和嫂子親手縫的接羅帽都給退了回去。

對於禮物，一般人會覺得卻之不恭，恭敬不如從命。但要送東坡禮物的人實在太多，東坡想著，都收就太貪婪了，挑著收，被拒絕的人則會難受，所以決定就都不收。一旦下定決心，遇到好喜歡的，也只能忍心割愛了，以免眾多蘇粉因爲偏心而受到傷害。東坡眞是個實心眼的人啊！

二、天子道不同

子由途中又收到通知，授大中大夫提舉鳳翔府上清太平宮，這是准予退休的通知。

同年八月初十，東坡也收到通知，**遷舒州團練副使，量移永安**。雖仍然是無權無利的團練副使，但永安是北宋皇陵的所在，就近京城，看起來像是隨時有機會再受朝廷重用，當時很多人是這麼想的。於是東坡又炙手可熱了起來，很多人都以爲東坡會東山再起，然而事實上喜歡東坡的人是向太后，並不是皇帝。怎麼知道呢？

這時有一位原本與蔡京交好，宋徽宗也看得順眼的人，名爲張庭堅，被提拔爲言官。這位言官很實誠的向皇帝建言蘇軾和蘇轍可用，竟瞬間就惹毛了宋徽宗，隨即將他調離京城，不想再聽他說話。

爲什麼宋徽宗似乎很厭惡蘇東坡呢？可以看到的是宋徽宗和蘇東坡幾乎是完全不同的兩類人。舉例來說，關於禮物，東坡就算是很喜歡的東西，內心但凡覺得有一點點不安的，就寧可不收，選擇心安。而宋徽宗對於物欲，沒有不安，但凡什麼好東西，他看見了的他要，沒看見的也要。縱容百官從民間強取豪奪，給他搜羅來各種好東西，所謂的生辰綱、花石綱，都是從民間強行徵收給宋徽宗的禮物，《水滸傳》故事講的就是徽宗時期將多少好漢逼上了梁山。所以在性格與人品上，宋徽宗看東坡就是不順眼，因爲道不同，不兩立。

此外，兩人的審美品味與藝術理念也截然不同。

三、此心蕩然天地間

八月十日新的詔令將東坡調往永安，於是東坡在八月二十九日離開廉州北上，來到藤州。在藤州寫下〈**藤州江下，夜起對月。贈邵道士**〉。

邵道士的名字叫彥肅。東坡提到這個人的人品是「**少而寡欲顏常好，老不求名語益眞。**」因爲淡泊，所以看起來年輕，因爲無求，所以講話很直，直來直往，這麼一個方外之人。詩題雖是贈邵道士，內容卻都是在剖析東坡自己的心境：

江月照我心，江水洗我肝。
端如徑寸珠，墮此白玉盤。
我心本如此，月滿江不湍。
起舞者誰歟，莫作三人看。
嶠南瘴癘地，有此江月寒。
乃知天壤間，何人不清安。
床頭有白酒，盎若白露漙。
獨醉還獨醒，夜氣清漫漫。
仍呼邵道士，取琴月下彈。
相將乘一葉，夜下蒼梧灘。

不同於張若虛的「江畔何人初見月，江月何年初照人」，那種旁觀的視角，旁觀宇宙無垠而人微小，千秋百代過眼雲煙的虛無飄渺。東坡說「**江月照我心，江水洗我肝**」是天人合一的視角，我心如月，可以攤出來，昭然天下，江水可以證我清白。天上月與江中水都可以驗明我的問心無愧。

徑寸珠，比喻東坡的方寸之心，白玉盤比喻月亮。我心攤在明月之下，就像明珠落在白玉盤裡，珠聯璧合，互映生輝，朗朗熠熠。什麼是我的心聲？「**端如徑寸珠，墮此白玉盤。**」那聲音將宛如明珠落在白玉盤上，乾淨清脆得不染一點塵埃。

「**我心本如此，月滿江不湍**」我的心就是這樣，如同明珠，如同滿月，如同平靜的江水，如同江月落在江面上，波瀾不驚。

寒山子的詩偈：「吾心似秋月，碧潭清皎潔。」我心如天上月，月落碧潭，深幽沉靜，一塵不染。

「起舞者誰歟，莫作三人看。」李白的〈月下獨酌〉：「舉杯邀明月，對影成三人。我歌月徘徊，我舞影凌亂。醒時同交歡，醉後各分散。」李白將明月、身影與自己，看成三個人。

但東坡的心境與李白不同，東坡說「莫作三人看」，跳舞的人是我，影子是我，月亮也是我。有別於李白「醒時同交歡」的自我安慰，東坡看得更透澈，說得更清醒，萬象變化，都是我心的自導自演。

「嶠南瘴癘地，有此江月寒。乃知天壤間，何人不清安。」

邵道士即將要去的地方是都嶠，在嶺南廣西。是此前東坡待過的地方，是此後邵道士要去的地方。我的來時路，是你的目的地。

都說嶠南是瘴癘之地，但嶠南的江月，同樣高潔凜冽，由此可知，天地之間，只要願意，每一個人都可以保有不被打擾的乾淨與安靜。

「床頭有白酒，盎若白露漙。獨醉還獨醒，夜氣清漫漫。」

原本獨醉獨醒的清夜，月色如此美好，我還有一壺好酒，於是想找邵道士來，共度此良夜。

「仍呼邵道士，取琴月下彈。相將乘一葉，夜下蒼梧灘。」

東坡的友誼，令人羡慕的地方在於，自在，沒有罣礙，可以乘興同遊，可以默然相對。不需要找話來塡滿彼此的空間。此刻明月當空，東坡與道友，有琴音琳瑯，有清夜漫漫，還有無邊際的遐想，或許就在此夜，這一葉扁舟，便可以送你到蒼梧吧！

這是東坡路過藤州，寫下的一首格調清朗的古詩。紀曉嵐點評說：「**清光朗澈，無復筆墨之痕，此爲神來之筆。**」

離開藤州之後，東坡又去了廣州，在廣州停留了將近兩個月，到處都是盛情難卻的朋友。

四、此身終於退江湖

九月底，東坡抵達廣州。十月初大兒子和二兒子帶著各自的家庭來廣州相會，侍父三年的蘇過也終於和妻子團圓。東坡在廣州一直留到十一月才離開。

十一月下旬，詔令：「**復朝奉郎提舉成都玉局觀，任便居住。**」意思是東坡不用去河南就任，可以退休了！想要回家鄉也可以，想要隱居在哪裡都可以。

過年，東坡六十六歲。宋徽宗改元建中靖國元年，此時由向太后垂簾聽政，這個年號代表著，將折衷新黨與舊黨的政見，希望能取得平衡，這是對的，但這是向太后的意思，不是宋徽宗的意思。

此時東坡在北歸的旅途上。當年走過的，惶惶不安的貶謫之路，如今要原路返回，是一趟平反之路。心情不同，看出去的世界也不同。

正月初四，到大庾嶺，東坡的轎杆斷了，於是向龍光寺要來兩根大竹子。在龍光寺得到一個消息：「**南華珪首座方受請爲此山長**

老。」這是東坡的老朋友，南華寺的首座珪長老，即將來龍光寺當住持。因此東坡留下一首詩偈，說是要留給珪長老將來當作教材用的：「乃留一偈院中，須其至，授之，以爲他時語錄中第一問。」

斫得龍光竹兩竿，持歸嶺北萬人看。
竹中一滴曹溪水，漲起西江十八灘。

東坡知道自己受歡迎，一路往北，會是一路上千人搶萬人看，所以頭兩句詩是說，龍光寺給我的這兩竿大竹，將沾我的光，受到萬眾矚目，龍光寺也將因此而聲名遠播。

爲什麼在龍光寺的詩會提到曹溪水呢？因爲曹溪南華寺的珪首座

就要來龍光寺當住持了。

當年東坡貶謫時，經過贛江的十八灘，有詩：「**七千里外二毛人，十八灘頭一葉身。**」據說十八灘江水湍急，十分險惡，東坡稱之爲惶恐灘。當年又因爲積雨不退，水漲船高，順利渡過了險灘。如今要回中原，即將要再一次冒險渡過十八灘。

「**竹中一滴曹溪水，漲起西江十八灘**」，意思是帶走龍光寺的兩竿竹，以此爲信物，象徵帶走曹溪的法水。願以此法水，讓十八灘頭能再次水漲船高，護佑我順利度過險灘。

縱觀全詩，前兩句的意思是，龍光寺將因東坡我而聲名遠播。後兩句是，曹溪法水也將護佑我，順利北歸，所以這是互惠，互惠正符合佛法「**自利利他**」的道理。

珪首座正從南方要來住持龍光寺，東坡正在龍光寺，要往北方離開，兩人雖碰不上面，但東坡留下一首詩偈，見詩如見人。紀念這回的擦肩而過並非空過，我們似有若無的牽掛，是善緣，我將讓龍光寺的名號傳遍大江南北，讓您青史留名，而我也將託您的福，一帆風順。

隔年東坡到江西廬陵（即南昌）時寫信給朋友說：「**舟行江漲，遂不知有贛石，此吾〈龍光詩讖〉也。**」表示東坡從江西贛州到江西南昌的三百里水路，果然江水大漲，船行順暢完全沒有障礙。東坡說：「**此吾〈龍光詩讖〉也。**」這是印驗了我送龍光長老的詩讖。

五、過嶺

東坡回中原，大庾嶺是個分水嶺，在過大庾嶺時，東坡有一首詩送給嶺上老人，這首詩後來被曾敏行配上一個故事。

東坡還至庾嶺上，少憩村店。有一老翁出，問從者曰：

「宜爲誰？」

曰：「蘇尚書。」

翁曰：「是蘇子瞻歟？」

曰：「是也。」

乃前揖坡曰：「我聞人害公者百端，今日北歸，是天佑善人也。」

東坡笑而謝之，因題一詩於壁間。

東坡回到大庾嶺上，在一家客棧休息時，有一位老先生，問東坡的隨從說，這位是誰？隨從回答，是蘇尚書。老先生再進一步確認，是那個蘇子瞻嗎？隨從說，是的。於是老先生來到東坡的跟前，行了一個禮，說，我聽說有人百般在害您，但您今天回來了，這是天佑善人啊！

東坡聽了笑了起來，謝之，感謝老人的支持，並在牆上題了一首詩。

從這個小故事可以看到，普遍百姓們對東坡是尊敬與同情並存。

在對東坡的崇敬之中，還多了憐惜。

東坡有一詩〈贈嶺上老人〉：

鶴骨霜髯心已灰，青松合抱手親栽。
問翁大庾嶺頭住，曾見南遷幾個回？

詩中鶴骨霜髯的是誰？在嶺上種松樹的是誰？普遍都認爲這兩句是東坡在講自己，但這兩句詩實在不是在講東坡自己。

因爲髯是落腮大鬍子，像鍾馗；而霜髯，是像聖誕老人的白色大鬍子。但東坡留下來的畫像不是髯，是山羊鬍子。所以東坡稱自己的鬍子一向是用「鬚」字。例如〈吾謫海南子由雷州〉：「江邊父老能說子，白鬚紅頰如君長。」東坡和弟弟子由，都是瘦瘦高高的，都是山羊鬍。晚年的東坡又說：「寂寂東坡一病翁，白鬚蕭散滿霜風。」不但是山羊鬍，而且愈來愈稀疏了，絕對稱不上鬍。

「青松合抱手親栽」，也不是講東坡。普遍都說是東坡在七年前過嶺時種的松樹現在長大了。然而雖然東坡確實有種松樹的本事，但七年的時間並不足以讓松樹苗長成可以合抱的大樹。因爲松樹長得慢。

東坡曾經有詩談到種松的經驗，種了十幾年的松樹，樹圍可能只有大蛇那麼粗而已。〈戲作種松〉：「我昔少年日，種松滿東岡。初移一寸根，瑣細如插秧。二年黃茅下，一一攢麥芒。三年出蓬艾，滿山散牛羊。不見十餘年，想作龍蛇長。」

松樹苗長成可以雙手合抱，至少需要幾十年。所以東坡〈贈嶺上老人〉提到的青松，應該就是嶺上老人年輕時種下的。

霜鬚是嶺上老人的形象，種松是嶺上老人的貢獻。東坡喜歡關心人，和人聊天。要送給嶺上老人的詩，當然不會通篇只寫自己，也會有對老人的描寫。**「鶴骨霜髯心已灰」**，是老人表示自己年紀大了，對人生再沒有什麼奢求，沒有什麼嚮往了。**「青松合抱手親栽」**，老人回首一生最驕傲的事，就是年輕時在大庾嶺上種下夾道的松樹，如今已綠樹成蔭，庇蔭著來來往往路過大庾嶺的，形形色色的人們。而東坡把老人的淡泊與貢獻，用詩的語言記錄下來。前兩句詩是老人的驕傲，後兩句詩才是東坡的驕傲。

「問翁大庾嶺頭住，曾見南遷幾個回？」東坡問老人，你在大庾嶺上住這麼多年，看過那麼多人，可曾看過有幾個罪臣能活著從嶺南回中原的呢？東坡這麼問的時候，言下之意當然不無得意。別說嶺上老人這一生百年看過的人不多，縱觀歷史，罪臣能從海南島活著回到中原的，應該也不多。

東坡又有〈贈嶺上梅〉，嶺上梅花也是東坡的老友。《紅樓夢》裡，賈寶玉有情不情之說，意思是，縱對無情也多情。而東坡的〈贈嶺上梅〉也大有「情不情」的意味。

梅花開盡百花開，過盡行人君不來。
不趁青梅嘗煮酒，要看細雨熟黃梅。

東坡用擬人法爲梅花代筆，說這大庾嶺上的梅樹等了我好久，花開花謝，多少寒暑，梅樹說，她看著走過了那麼多人，就是看不到東坡你來。**「過盡行人君不來」**，君是指東坡，這是梅樹在向東坡撒嬌，你怎麼過了那麼久沒回來。

梅子採收的季節是陽曆三月中至五月中，清明節以前採收的叫青梅，清明節以後採收的是黃梅。東坡這個吃貨，看著梅子樹，已經想到梅子酒。**「不趁青梅嘗煮酒，要看細雨熟黃梅。」**梅樹等了我那麼久，很希望我能留下來陪她過清明，要招待我吃黃梅。

東坡這首爲嶺上梅樹代言的詩，應該是寫給家人看的，表達他想在大庾嶺上多待上一陣子。過大庾嶺，東坡有很多感觸，詩興大發。還有兩首過嶺詩，也都寫得很好，這裡再看一首〈過嶺〉：

七年來往我何堪，又試曹溪一勺甘。
夢裏似曾遷海外，醉中不覺到江南。
波生濯足鳴空澗，霧繞征衣滴翠嵐。
誰遣山雞忽驚起，半岩花雨落毿毿。

這七年我是怎麼過來的？喝了一瓢曹溪的甘露法水我就又過來了。

似乎做了個夢，夢遊海外，一醉醒來，又已是江南。「夢裡似曾遷海外，醉中不覺到江南」，方回說「此聯甚佳，殊不以遷謫爲意也。」把流放嶺南當成一場夢，而不是當作一場痛。

「波生濯足鳴空澗，霧繞征衣滴翠嵐。」〈漁父〉說：「滄浪之水濁兮，可以濯我足。」在這波濤洶湧的人生裡，竟能有個空間、空閒，退居嶺南，去享受漁父的滄浪之歌，而今還能風塵僕僕的回來，讓這大庾嶺上，蒼翠欲滴的曉霧，縈繞著我滿身的滄桑，這是多麼豐富的人生啊！

這時山雞突然長鳴一聲，驚得半壁的花雨紛紛飄落。紀曉嵐說「誰遣山雞忽驚起，半岩花雨落毿毿」這兩句是東坡在寫心境，不是在寫實景：「此言機心已盡，不必相猜之意，非寫景也。」又說「即海鷗何事更相疑意，非寫所見之景。」然而若眼前景、耳邊聲也正是如此，以景喻情，更富詩意。陳湛銓教授則說：「此兩句亦成詩讖矣！其後蔡京崛起，君子道消，真成山雞驚起，花落毿毿也。」陳教授從山雞聯想到蔡京，將滿山花落聯想成君子道消，此是後話。

東坡又作詩一首送弟弟〈過嶺寄子由〉：

投章獻策謾多談，能雪冤忠死亦甘。
一片丹心天日下，數行清淚嶺雲南。
光榮歸佩呈佳瑞，瘴癘幽居弄曉嵐。
從此西風庾梅嶺，卻迎誰與馬毿毿。

「投章獻策謾多談，能雪冤忠死亦甘。」我們為國家的付出與貢獻不用多說，多說無用。只要最終能為我們的忠誠洗刷清白，死也甘心。可見清白對東坡而言，是比命還重要的。至此他終於能為自己的冤枉喊冤，終於多年來的委屈得以申訴。

「一片丹心天日下，數行清淚嶺雲南。」我們的赤誠之心，如今終於攤在陽光底下了。站在大庾嶺上的我，不禁熱淚盈眶，喜極而泣。

「一片丹心」四個字，後來感動了許多詩人，被不斷的借用。陸游：「一片丹心報天子」、文天祥：「**留取丹心照汗青**」、楊萬里：「一片丹心白日明」。大家都好喜歡東坡的一片丹心，把這片丹心直接帶進自己的詩裡了。

「光榮歸佩呈佳瑞，瘴癘幽居弄曉嵐。」歸佩，代表辭官退隱。子由此時已提舉上清太平宮，歸隱許州。這裡東坡讚美弟弟能夠光榮退休，是件喜事。儘管弟弟在嶺南瘴癘之地時，也是把自己的身心照顧得很好，但能夠光榮退休在中原總是更吉祥的。

「從此西風庾梅嶺，卻迎誰與馬毿毿。」此後大庾嶺什麼時候還能像我們路過時一樣，熱鬧的布滿愛慕者迎送的車馬呢？也就是說，我們兄弟倆做人做到讓這麼多人愛慕與敬重，無論如何，這輩子也是值得的了。

正當東坡滿心以爲撥雲見日的時候，正月十四日，向太后崩逝，年五十六。徽宗即位以來，本是由向太后垂簾聽政。向太后是神宗的皇后，是哲宗和徽宗的嫡母，但不是親生，而是名義上的母親。早在哲宗選妃的時候，向太后不讓自己娘家的女孩們參選，表示對自己的娘家並沒有私心，是個立意公正的人，但向太后垂簾聽政的時間只有一年而已。向太后一死，庇蔭東坡的靠山就倒了。

六、歸來江南

過嶺之後，東坡在二月回到虔州。剛好東坡的老朋友江公著，字晦叔，在二月分來虔州當州長。東坡以前在杭州時，曾經說過江晦叔是和陸羽同等級的茶顛。可見江晦叔是和東坡相識多年的老茶友。大難過後，重見昔日江南的老友，東坡心情是激動的，作了兩首好詩，這裡看其中一首，〈次韻江晦叔〉二首之二：

鐘鼓江南岸，歸來夢自驚。
浮雲時事改，孤月此心明。
雨已傾盆落，詩仍翻水成。

二江爭送客，木杪看橋橫。

「鐘鼓江南岸，歸來夢自驚。」看到你我便彷彿聽見了江南寺院的鐘聲，我眞的回到中原來了，回想過去七年，即使是一場夢，都叫人膽顫心驚，更何況，那是眞眞實實的七年啊，而如今也像夢一般的煙消雲散了。

「浮雲時事改，孤月此心明。」這裡用「時事改」而不是「世事改」，除了平仄對仗之外，「時事」比「世事」更有緊湊的節奏感、切身的意味。世事是泛說，時事是歷練。

時事的變幻如同浮雲，隨時都在改變，捉摸不定。而我，此心如月，從來不曾改動過本質的高潔。東坡另外有一首詩這麼說：「狂雲妒佳月，怒飛千里黑。佳月了不嗔，曾何汙潔白。」雲和月，高度不一樣。浮雲可以遮蔽日月，讓大地的黑夜一時失去光明，但浮雲永遠汙染不了明月的皎潔。浮雲總是來來去去，聚聚散散，而明月，一直都在，千年、萬年、億萬年，光明一直都在。

「雨已傾盆落，詩仍翻水成。」正下著傾盆大雨的此時，我想寫詩，於是落筆如落雨，像打翻墨水似的，一篇詩就這樣翻手而成。

「二江爭送客，木杪看橋橫。」二江，章貢二水合流，匯成贛江。可以想像，東坡此刻正在亭臺樓閣上看著漫天大雨，造成了江水暴漲。東坡要離開虔州的話，正需要江水大漲。只要積雨漲江，船便可以完全避開江底的礁石，順利北上。所以東坡在高樓上，視線越過樹梢，看著橋下的江水滾滾滔滔，似乎江水正在爲著能安全的送走客人我而奔忙著。

七、但念舊恩

建中靖國元年三月，東坡仍在虔州，得到一個消息，章惇被貶雷州。這個七年來一直想方設法折磨東坡的昔日老友、晚年政敵，終於得到了報應，但東坡並沒有因此感到高興，反而感到惋惜。章惇和東坡的恩怨與誤會，一言難盡，但東坡此時的態度，實在比章惇敦厚許多。

東坡寫信給章惇的外甥黃師是，讓他好好寬慰母親（章惇的姊姊）。黃師是是東坡的親家，東坡的兩個兒媳婦，都是黃師是的女兒。信裡這麼說：「子厚得雷，聞之驚嘆彌日！」子厚是章惇的字，東坡說自己對這個消息感到非常震驚。接著又說「**海康地雖遠，無瘴癘，舍弟居之一年，甚安穩**」。章惇被貶謫的地方雖然遠，但不是壞地方，我弟弟在那裡住過一年，日子過得還挺安穩。「**望以此開譬太夫人也**」希望你可以如此安慰你的母親（章惇的姊姊），讓她別太傷心。

五月一日，船到金陵，東坡答應弟弟子由，要前往河南許昌，和弟弟住到一起，歸隱田園。但月底船到儀眞的時候，東坡已經中暑，得了熱病。又聽到朝廷有大變動，要重新開始推動新法。於是東坡改變主意，不去河南找弟弟了，因爲河南許昌離京城太近，怕惹來其他不必要的麻煩，而決定住到常州去。當船行到京口（鎭江）的時候，出現了一個人，章惇的兒子章援。

章援，是東坡提拔的學生。元祐年間，東坡很照顧他，但東坡落難，卻不見章援有任何慰問。章援雖然不是有情義的學生，但對父親章惇是很孝順。章惇落難，章援寫了血書，請求皇帝能原諒父親，而今在京口與東坡相遇，也是要前去雷州見父的路上。知道東坡也在京口，寫了很長一封信給東坡。

信很長，很迂迴，重點大約是說：「九年不見，很想念老師，本來應該親身前往拜見，但我太擔心老父親了。路上聽說朝廷即將要重用您，爲了避嫌，我還是不見您的好。總之，我只希望父親可以安享晚年。」信中章援爲自己沒有當個稱職的學生而道歉，但並沒有替章惇向東坡道歉，因爲如果替章惇道歉，就等於承認章惇有錯，對不起東坡，但在章援的心裡，父親怎能有錯。然而章援，又很委婉的向東坡表達，希望自己的父親最終能夠安享天年。隱含的意思是，如果朝廷再度重用您的話，請您別報復，別害我的父親。

東坡在重病之中看了來信，抱病給章援回了好長一封信。其中提到「**某與丞相定交四十餘年，雖中間出處稍異，交情固無所增損也。**」東坡感念著早年的情誼，舊日的恩惠，也了解章惇在氣什麼。所以東坡說，他對章惇的友愛之心自始至終沒有變過。我相信東坡說的都是眞心的，這時候沒有必要說客氣話，如果還有氣的話，正是機會把他們父子罵一頓。但東坡沒有。

東坡更以自身過來人的經驗，給章惇一個重要的提醒。東坡知道章惇曾經也想研究煉丹，也是忙於朝政而沒有付諸實踐，而東坡已經親身實驗過了，於是給章惇提醒說，只可「**自內養丹**」，內修養氣可以，「**切不可服外物也**」，千萬別煉丹藥來吃。這是東坡幾乎用命換來的經驗，他在惠州差點吃死自己，不希望章惇也來一遍。可見東坡眞的是只念舊日的恩義情誼，而不念舊惡。

宋徽宗是擁護新法的皇帝，章惇也是以新法治國的宰相，爲什麼宋徽宗一親政，章惇就倒楣了呢？因爲章惇反對擁立宋徽宗。有三個理由。章惇：「**以年則申王長，以禮律，則同母之弟簡王當立。**」依年齡，依禮依律，都輪不到宋徽宗當皇帝，而最重要的是，**章惇說：「端王輕佻，不可以君天下。」**端王即是宋徽宗。在這件大事上，章惇的眼光是超勝其他人的，但抵不住大家都擁護端王，一來是他顏値高，二來是戲演得好，演孝子，演賢王，表面工夫做得很到位。

以神宗還活著的兒子來看，申王最年長，是哲宗最年長的弟弟。

從哲宗這邊的繼承順位來看，簡王是哲宗同父也同母的親兄弟。宋徽宗既不是繼承的第一順位，也不是第二順位。所以誰說宋徽宗只喜歡藝術，沒有權力上的野心，他之所以當皇帝，是謀求來的，而不是天命應得的。

章惇在抗爭無效，端王當定了皇帝的情況下，還說出「**端王輕佻，不可以君天下**」這樣重的話，這是他把天下的利益，看在自己的利益之上，也算是個錚錚鐵骨的漢子。歷史上把章惇描述成奸相，是不公平的。章惇的四個兒子都進士及第，但只有小兒子在京城當過京官，還是東坡當年提拔的，其他三個兒子都在外縣市當小官。章惇當了七年的宰相，沒有給自己的親族安排一個重要的位置。所以他並不是一個自私自利的人。**劉昭明教授說：「章氏父子皆無不法情事，應**

客觀論證，還其清白。」

然而，章惇有自己的業。「章惇罷相，連貶雷州司戶參軍。」當初章惇怎麼對待元祐大臣及東坡兄弟的，現在皇帝就怎麼對待章惇。差別是，東坡兄弟處處受到照顧，而章惇抵達雷州時，問哪邊有房子可以租，百姓們都不願意租房子給他，而且說：「前蘇公來，爲章丞相幾破我家，今不可也。」以前蘇公來，章丞相說不能對謫官好，因此差點抄了我的家，所以現在我可不敢對罪官優待了。所以同是貶謫嶺南，差別在於老百姓不買章惇的帳，使章惇的處境更爲艱難。最後「徙睦州卒。」隔年，章惇再貶睦州，就死路上了。

所以有句話說，「向天灑塵土，不會降低天的高度，但塵土會灑回自己的身上。」

八、平生功業

東坡到達潤州，在金山寺與老友相會，看到李公麟畫的蘇東坡像，於是拿筆在自己的畫像上提了一首詩。

心似已灰之木，身如不繫之舟。
問汝平生功業，黃州惠州儋州。

「心似已灰之木」，往往被誤以爲是萬念俱灰的意思，但其實不是的。心如死灰的典故原來是正面的。

在莊子〈齊物論〉裡，有一位學生發現老師這一天的打坐很不一樣，特別安定，超然世外，於是問老師說：「形固可使如槁木，而心固可使如死灰乎？」您是如何達到這樣「形如槁木，心如死灰」，身心不動的境界呢？

老師回答說：「不亦善乎，而問之也！今者吾喪我……」問得非常好，因爲今天我做到了丟掉自我的存在。

從出處看來，「心似已灰之木」並不是悲涼的感慨，而是一種超脫的境界。

或是可以淺白的來看，東坡的意思是，我的心已不再堅持有所爲了。而「身如不繫之舟」，意思是這個老朽的身體，去到哪裡，我也都可以。

「問汝平生功業，黃州、惠州、儋州。」爲什麼東坡的功業不是在京國顯貴的時候，也不是在八個州當父母官的時候，卻是在「**黃州、惠州、儋州**」這三個貶謫的地方呢？一般都認爲這是東坡在自我解嘲，說反話。但東坡並不是在自嘲，而是十分認眞講的。因爲在黃、惠、儋三州，東坡完成了他自認爲生平最重要的著作，可以傳承儒家文化的三本書。在黃州初步完成《論語說》，以及部分《易傳》，在惠州時繼續修訂完成《易傳》和《論語說》。而《書傳》則全然是在海南島作的。因此，東坡文以載道的地方，正在這三州。

所以這裡他要說的是，一生的漂泊和打擊都不要緊。他最重要的立言之功，不朽的著作《**論語說**》、《**易**》、《**書傳**》，已經在黃州、惠州、儋州這三個地方完成了。

東坡精通歷史，很清楚知道執政時的建樹都是短暫的，時過境遷就船過水無痕了，但文化的傳承是源遠流長的，能注疏這三本經典，東坡才覺得這輩子沒有白活。

可惜東坡所託非人，東坡臨終時，將這三本書託付給好友錢濟明，說：「萬里生還，乃以後事相託……某在海外，了得《易》、《書》、《論語》三書，今盡以付子，願勿以示人，三十年後，會有知者。」

東坡精通《易經》，可能已占卜出將有書劫，於是託好友先將書藏起來三十年。三十年後果然皇帝已不是宋徽宗。然而在宋徽宗下令燒毀東坡書畫的年間，東坡的三本書稿便佚失了，是以不傳。後來才出現的，託名《東坡易傳》與《東坡書傳》者，恐不可信。

〈四庫提要〉說：「洛、閩諸儒，以程子之故，與蘇氏如水火，

惟於此書（《書傳》）有取焉，則其書可知矣。」程頤的門下弟子，因爲程頤的關係，和東坡向來水火不容，但程頤的門下在解釋《書經》時，還是不得不引用東坡的《書傳》，可見東坡對之研究的深刻與廣博。

然而《東坡書傳》如何流至程門，事不可考。又眾所皆知，東坡和程氏一派在思想上一向勢如水火，因此程門所傳的《東坡書傳》不可能是原著原貌。除了增刪改動之外，更可能是掛著東坡的葫蘆，賣著程門自己的藥。這裡還是只能說可惜了。

九、不念舊惡

東坡船近常州，停留儀眞的時候，又出現一個老朋友，米芾。

米芾，字元章，與東坡相識於黃州。宋．溫革〈跋米帖〉：「米元章元豐中謁東坡於黃岡，承其餘論，始專學晉人，其書大進。」早年米芾書法之大有長進，是受到東坡的點撥，卻從不稱東坡老師。元祐年間，東坡飛黃騰達時，米芾沒少跟著東坡吃吃喝喝。但東坡落難時，米芾卻躲得遠遠的，乃至東坡在貶謫嶺南的途中，路過雍丘，米芾就在雍丘當縣令，卻沒出現來看望東坡一眼，當時可能會是最後一面。而今東坡風風光光的回來了，米芾又頻頻出現了，常到船上找東坡，約東坡聚餐，眞眞是酒肉朋友。

東坡過世的前兩個月，回覆給米芾的書信至少有九封，還不包括詩歌，可見米芾這時來往多殷勤。

東坡信中這麼說：「嶺海八年，親友曠絕，亦未嘗關念。獨念吾元章邁往凌雲之氣，清雄絕世之文，超妙入神之字，何時見之，以洗我積歲瘴毒耶！今眞見之矣，餘無足言者。」

乍見這篇短信，看到的是東坡對米芾的情義，東坡說很想念「我的米芾」的文字，八年不見今天終於見到了。可見自東坡貶謫之後，八年來米芾沒有隻字片語的慰問，東坡說：「嶺海八年……未嘗關念。」過去八年，米芾就當世界上沒有蘇東坡這個人了。東坡卻一點也不記恨，不心寒，沒有任何怪責米芾的意思。

米芾還常常來船上找東坡，向東坡獻寶，又一直想約東坡出去聚會。但這時東坡已經病得很辛苦了，只能婉拒米芾的約飯。

六月，米芾給東坡送來麥門冬，東坡睡醒看到很感動，寫下〈睡起，聞米元章冒熱到東園送麥門冬飲子〉：

一枕清風值萬錢，無人肯買北窗眠。
開心暖胃門冬飲，知是東坡手自煎。

李白曾說：「清風明月不用一錢買。」但東坡說：「**一枕清風值萬錢**。」如果可以的話，我願意花一萬錢來買一枕清風，讓我能好好的睡個覺。東坡病了，天天由內而外的感到燥熱，而且整晚整晚的睡不著，很是痛苦。東坡在另一封信裡也說，晚上睡不著，坐在船頭餵一整晚的蚊子。又累又不能睡，最是傷耗。

陶淵明說：「常言五六月中，北窗下臥，遇涼風暫至，自謂是羲皇上人。」意思是在大夏天，開著北窗納涼睡覺，日子就像上古人類一樣美好。而東坡說「無人肯買北窗眠」，意思其實是無人肯「賣」北窗眠，因此我買不到能睡一頓好覺。

「開心暖胃門冬飲，知是東坡手自煎。」這麼熱天，米芾你不好好睡個午覺，卻頂個大太陽給我送來麥門冬，實在暖心又暖胃，因此我很開心的親自煎來喝了。

東坡在臨終前給予米芾的評價都是正面而溫暖的，但米芾眞的受得起這樣的器重嗎？

第十三章　身前身後事

東坡在海南島飲食清淡日久，回中原的路上，一路不停的有歡迎會，免不了吃多喝多，加上年事日高，又在豔陽暑熱中旅途勞頓，終於病倒了。東坡說：「**嶺南萬里不能死，而歸宿田野，遂有不起之憂，豈非命也夫！**」

一、病來如山倒

一開始是因爲燥熱而喝了太多涼水，半夜猛拉肚子：「**某昨日啖冷過度，夜暴下，且復疲甚。食黃蓍粥甚美。**」在萬分疲倦中，吃了些黃耆粥補元氣。但接著又發燒、牙齦出血，東坡自認爲這是熱病，應該用涼藥，於是自我主張：「**人參、茯苓、麥門冬三味煮濃汁，渴即少啜之，餘藥皆罷也。**」好友錢濟明想替東坡重金請來名醫，並說不惜名貴藥材也要治好他，但被東坡婉拒了。東坡說：「**莊生『聞在宥天下，未聞治天下也。』三物可謂在宥矣，此而不愈則天也，非吾過也。**」東坡認爲手邊的三樣補藥，吃了能好就好，不能好也是天意。

然而清．陸以湉《冷廬夜話》卻說東坡全吃錯藥了：「病暑飲冷暴下，不宜服黃，迨誤服之。胸脹熱壅，牙血泛溢，又不宜服人參、麥門冬。噫！此豈非爲補藥所誤耶？……藥不對病，以致傷生，竊爲公惜之云云。余謂甘露飲、犀角地黃湯用之，此病固當。」

東坡的病本不是絕症，用對藥是完全可以痊癒的，但東坡卻一再吃錯藥，黃耆、人參、麥門冬都吃錯了，比不用藥更糟，直至不起。

東坡剛病的時候，寫信給弟弟蘇轍說：「即死，葬我嵩山下，子爲我銘。」我死之後葬我在嵩山下，你爲我寫墓誌銘。蘇轍收到信，哭到不行，說：「小子忍銘吾兄！」我怎麼忍心寫哥哥的墓誌銘啊！

爲什麼東坡想長眠嵩山下？原因可能有二。蘇轍正退居在河南，嵩山也在河南，可就近兄弟。此外，嵩山也是他們父親蘇洵所嚮往的地方。蘇洵曾說：「**經行天下愛嵩岳。**」走遍天下，最愛的是嵩山。又說：「**行看嵩少當吾廬。**」想買個房子在嵩山住下，但蘇洵後來並沒有如願。東坡最後想要長眠在嵩山時，不知是不是想到了父親。

東坡坐船回常州時，已得了熱病，戴個小帽子，坐在船上，露出半隻手臂，而運河兩岸，有千萬人伸長了脖子在張望著，希望能看一眼蘇東坡。《邵氏見聞後錄》說：「**東坡自海外歸毗陵**（常州），**病暑，著小冠，披半臂，坐船中。夾運河岸，千萬人隨觀之。東坡顧坐客曰：『莫看殺軾否？』**」東坡看到河岸邊壯觀的人海，不禁笑說「**莫看殺軾否**」，可別把我給看死了吧。

雖是句玩笑話，也是有典故的。

《晉書》中有個叫衛玠的美男子，從小就被稱爲玉人。他的美，聲名遠播，看他的人，總是圍成一堵人牆。而衛玠身子骨弱，被簇擁的人群給累病了，死的時候才二十七歲。當時的人說，衛玠是被看死的，而成語「看殺衛玠」，成爲比喻衆所仰慕的人。東坡這裡說「**莫看殺軾否**」，可別把我也給看死了吧，是東坡一向愛熱鬧又愛開玩笑的習慣。

東坡回到常州不久，七月十八日，對三個兒子說，「**吾生無惡，死必不墮。愼無哭泣以怛化。**」我這輩子沒有做壞事，死後必定不會墮落。千萬不要哭泣來干擾我的昇華。

「**吾生無惡，死必不墮。**」是讓兒子們安心，死亡不是結束，是另一新的開始，不用擔心爲父的會繼續受苦。「**愼無哭泣以怛**

化。」東坡也不要孩子們沉溺在悲傷裡哭壞了身體。自生病以來，東坡一直不能好好睡覺，這時候準備終於可以好好的休息了。

東坡過世前三天，收到惟琳法師的來信，正在趕過來陪伴東坡，東坡回了一張短簡說：「**嶺南萬里不能死，而歸宿田野，遂有不起之憂，豈非命也夫！然生死亦細故爾，無足道者。惟爲佛、爲法、爲眾生自重。**」一個人只要此生無憾，或許眞可以生死看淡。東坡最後的生命裡，依然在爲世人著想，所以他對法師說，我生死事小，但您爲佛、爲法的事大，應當爲了眾生，自我保重。

東坡居士卒於徽宗建中靖國元年（一一〇一）七月二十八日，享年六十六歲。三子六孫，都圍繞在身邊，親視含殮，遵禮成服，也算是圓滿的一生。七月二十八日，這天剛好是東坡幼子蘇遯的忌日。蘇遯是東坡與朝雲所生的未滿週歲的幼子，父子忌日竟在同一天。

二、追悼

東坡過世，學生李廌哭得悲慟，曰：**「我愧不能死知己，至於事師之勤渠，敢以死生爲間？」**隨後在山水之間跋涉，爲東坡的墳地奔走尋覓，並作文祭之曰：

「皇天后土，鑒一生忠義之心；名山大川，還萬古英靈之氣。」

參寥子爲東坡寫的輓詞共有十五首，回顧東坡一生的出處與事功、道德與文章，痛悼之情與無限哀思，似乎還言不盡意。總結東坡生前，參寥稱是**「直將地氣接兒童」**，對東坡身後，參寥說是**「追**

雲弄月更雍容」。

米芾的輓詩亦好：「忍死來還天有意，免稱聖代殺文人。」

三、被〈紫金研帖〉黑了近千年

東坡過世後，米芾最掛念的其實是東坡的寶貝。米芾上門來找東坡的兒子們，說想要看東坡那塊紫硯。而米芾一拿到硯，便放進自己兜裡，說這是他的，是東坡拿了他的。這種睜眼說的瞎話，偏偏是父親生前的好友，皇帝面前的紅人說的，東坡的兒子們沒遇過這樣的無賴，面面相覷，一時不知該如何回應，只好搪塞說，我爸說了這是要入殮陪葬的，天眞的以爲，米芾會尊重死者的遺願，給還回來。沒想到米芾當即寫下一張〈**紫金研帖**〉說，這種傳世的世俗東西，不能和你爸那種清淨的修行人埋在一起：「**蘇子瞻攜吾紫金硯去，囑其子入棺。吾今得之，不以殮。傳世之物豈可與清淨圓明本來妙覺眞常之性同去住哉！**」留下這麼一幅字帖，就把硯帶走了，黑了蘇東坡將近一千年。

米芾強行拐騙別人家的硯臺，早是慣犯，東坡不是第一個受害人。

那一年東坡五十幾歲，要離開京城，以龍圖閣學士前往杭州，米芾餞行時，請東坡爲一方硯臺作銘。東坡作〈**米芾石鐘山硯銘**〉說：

有盜不禦，探奇發瑰。
攘於彭蠡，斫鐘取追。
有米楚狂，惟盜之隱。
因山作硯，其詞如隕。

「有盜不禦」，當年東坡就說米芾是個擋不住的強盜，到處搜集奇珍瑰寶，這次盜來的是石鐘山硯。東坡又說：「有米楚狂，惟盜之隱。」這個強盜是姓米的楚狂，是盜家的隱士，此盜非彼道，他隱藏了盜者的眞面目，所以人家不知道要提防他，呼應第一句詩說的「有盜不禦」，大意失硯臺。

東坡就這樣赤裸裸的銘文在米芾弄來的硯臺上，說米芾的硯臺就是盜來的。然而戀物癖的米芾好像不在乎東坡講他什麼，而比較在意給他什麼。

米芾明騙暗搶的案例有很多，「巧取豪奪」這個成語的出處，也是東坡用來形容米芾的。東坡還在世的時候，就當面直接對米芾說過，你是個騙子、偷賊、強盜。

有一回米芾又向東坡獻寶，他得了晉代書法家王羲之、王獻之的墨寶，請東坡題字，再添一寶。於是東坡寫下：

怪君何處得此本，上有桓玄寒具油。
巧偷豪奪古來有，一笑誰似痴虎頭。
君不見長安永寧里，王家破垣誰復修！

這幾句詩提到兩個典故，第一個典故來自《晉書》。顧愷之曾將一箱子好畫，上了封條，寄放在大將軍桓玄那裡保管。沒想到桓玄偷偷開了箱，拿光裡面的畫，再把封條黏回去，騙顧愷之說，從沒打開過。顧愷之沒想到這麼一個有身分的人，居然會幹這種事，但礙於桓玄的權勢，很難翻臉。只好給自己找個臺階下，說封條確實還在，畫卻沒了，唯一的可能就是，畫中的神仙通靈，自己飛走了。顧愷之這番傻話，讓時人笑他是個「**痴頭虎**」。

東坡用這個典故，笑問米芾，這次又是誰當了傻瓜**痴頭虎**，被你騙來了這墨寶，你可謂是得了**巧偷豪奪**的眞傳了，到處把人當冤大頭。最後東坡送給米芾一句忠告：「**君不見長安永寧里，王家破垣誰復修！**」

長安永寧里王家，是唐文宗的宰相王涯家。這個典故關於甘露之變，唐文宗與宦官們的鬥爭，皇帝失敗了。宰相王涯其實並沒有參與政變，卻只能挺身出面替皇帝背黑鍋，被宦官所殺。王涯平日裡喜歡蒐集字畫是有名的，王涯一死，很多人趁亂推倒了他家的牆壁，把王家珍藏的字畫搜羅一空。王涯一生的珍藏，換來的是幾堵破牆，房子幾乎被踏為平地。東坡舉這個例子說：「**君不見長安永寧里，王家破垣誰復修！**」你費盡心機如此搜羅，結局不見得會是好事。

從東坡以上這兩首詩，可以看到東坡具備了益者三友的特質：友直，友諒，友多聞。也可以看到米芾向來有不擇手段，巧取豪奪的習慣。

東坡的物欲，跟米芾則截然不同，不但「**苟非吾之所有，雖一毫而莫取**」，哪怕是送上門來要給他的東西，東坡心裡稍稍有一點點顧慮的，再愛的寶貝他都不收。米芾是對物有潔癖，東坡則是對**「物欲」**有潔癖。

早年有人送給東坡一塊家傳的唐代名硯，求作文，東坡〈書許敬宗硯〉：**「乃歸其硯，不爲作。」**這稀世珍品古硯都送到家裡桌案上了，東坡硬是給退了回去。後來老友孫莘老得到那塊硯，用罵硯的方式才讓東坡願意收留之。

中年東坡在揚州，一位法師老友送給東坡一幅唐代名畫，是畫家韓幹的〈支遁鷹馬圖〉，極品古畫名作，但東坡**「以詩送之，且還其畫。」**詩云：**「莫學王郎與支遁，臂鷹走馬憐神駿。還君圖畫君自收，不如木人騎土牛。」**東坡認爲，法師既是出家人，就不要學王充和支遁，不務佛門正業。我不收你這幅畫，你拿回去吧，這畫再好也是生滅法，您老還不如好好的修行禪觀吧！

晚年東坡從海南島回到大陸，老友歐陽晦夫在廉州送了東坡一床琴枕，東坡很喜歡，但他收下之後又快遞退回去，因爲要送他禮物的人太多了，他不能厚此薄彼挑著收，所以就乾脆都不收。他說「但以離海南，僧人爭致贍遺，受之則若饕餮然，所以一路俱不受。若至此獨拜寵賜，則見罪者必衆。謹令馳納，千萬恕察！」

東坡北歸中原，一路以來都在拒收各種饋贈，快到常州時才在儀眞見到米芾，當時已經病得很辛苦了，怎麼可能在重病之後反而扣留米芾的硯臺？

再看看〈紫金研帖〉，米芾描述自己在拿到硯臺時的用字，不是用「歸」字，不是「還」字，米芾的用字是：「吾今得之！」我今天終於得到它了！這哪裡是「索回」的態度，分明是覬覦日久而今斬獲的心情溢於言表。

東坡的孩兒們個個是有禮數的老實人，不可能動手從米芾的懷裡再搶回來父親的硯臺，只能留下〈紫金研帖〉，當作米芾巧取豪奪的又一證據，誰知後世很多人竟信了米芾，以爲眞是東坡拿他的。雖則也沒誰因此怪罪東坡，但在此還是希望可以還原眞相，還給東坡一個清白。

楊勝寬在〈蘇軾與米芾交往述評〉中點評得極好：「如果沒有米芾，**蘇軾依然是蘇軾；但如果沒有蘇軾，米芾還是不是後來的米芾就難說了。**」

東坡始終是米芾的貴人，而米芾只能算是東坡的損友。米芾一生是「游於藝」的藝人，東坡終身是「依於仁」的仁者。

四、身後禍起與平反

東坡逝後不到一年，還未下葬，黨禍又發作了。

宋徽宗崇寧元年（一一〇二）五月，黨禍復起。九月，詔下籍沒元祐黨人九十八人。哲宗元祐時期的大官，這時又都成了罪人，有的被關，有的被貶。

《宋史》對元祐之政的評價是可以媲美宋仁宗的：「**哲宗以沖幼踐阼，宣仁同政。元祐之政，庶幾仁宗。**」這是非常正面的評價，宋徽宗親政後卻大力打擊元祐重臣。

崇寧二年四月，詔毀東坡文集、傳說、奏議、策論、墨蹟、書版、碑銘和雜著等，以及其他相關人等的文集。世人只知秦始皇焚書，卻不知道宋徽宗也焚書。徽宗宣和年間，東坡的文字像毒品一樣被嚴格禁止。有個讀書人偷偷帶著東坡的文集想出城去，被看守城門的人給查獲了，抓到官府查辦。法官看到這個讀書人在《東坡文集》的篇尾寫了一首詩：

文星落處天地泣，此老已亡吾道窮。
才力謾超生仲達，功名猶忌死姚崇。
人間便覺無清氣，海內何曾識古風。
平日萬篇誰愛惜，六丁收拾上瑤宮。

地方首長看了很感動，偷偷又放了這個讀書人。至今我們尚能讀到的東坡作品便是當時多少小人物冒險藏下來的。

其後宋徽宗親書碑名「元祐黨籍」，由蔡京寫上序和黨人姓名，共有三百零九人，有的已死，有的還活著。將元祐大臣說成是大奸大惡之人，列名於碑者，或囚或貶，子孫代代不許為官。「**永為萬世臣子之戒，將以頒之天下。**」在各地官府衙門都立上這麼一塊「元祐黨籍碑」。好笑的是，章惇也名列其中。元祐時期，章惇含恨賦閒在家，這樣也上榜，可見這純粹是打擊異己，對人不對事。

崇寧五年，突有一道閃電不偏不倚，正好擊中豎立在宮門的元祐黨籍碑，似乎老天也看不下去這種做法。

靖康元年（一一二六），金兵圍困京城，首先向朝廷指名索取

《蘇東坡文集》。宋欽宗因而下詔追復東坡為翰林學士，重金求東坡文集。南宋孝宗時，再追封東坡為蘇文忠公。

何薳《春渚紀聞》提到東坡詩文後來的殘存：「先生翰墨之妙，**既經崇寧、大觀焚毀之餘**，人間所藏，蓋一二數也。至宣和間，內府**復加搜訪，一紙定直萬錢**。」東坡的詩文由於當時印刷的發達，盜版的猖獗而野火燒不盡，在不相干的人之間流傳甚廣，因而得以保留不少。但身為湖州畫派的代表人物，東坡的圖畫幾乎被燒殆盡，殘存極少。東坡最費心血的三本儒學注疏《易傳》、《書傳》及《論語說》，由於尚未付梓，已在禁毀期間失傳了。（後世再託名東坡的三書，出處不明，恐不可信）。以至於北宋之後儒家思想的解釋權，程朱的理學大勝東坡的蜀學。

五、絕筆

傳說中東坡在臨終前寫給兒子們一首詩，此詩未見於《蘇軾詩集》。但如果傳說爲眞，這就是東坡的絕筆詩，也被認爲是東坡的悟道詩。

盧山煙雨浙江潮，未到千般恨不消；
及至歸來無一事，盧山煙雨浙江潮。

東坡一生幾次到廬山，都跟仕途的起落有關，而無論起落，廬山多變的面貌都教東坡驚豔；浙江杭州則是東坡自認的第二故鄉，東坡亦是杭州人最深情的牽掛。「**廬山煙雨浙江潮**」，是東坡回憶起一生中印象最鮮明的人間美好，最嚮往的美好，就是廬山的煙雨、浙江的海潮。

「**未到千般恨不消**」如果不到這些人間的美好境地遊歷一遭，總是感到充滿了遺憾。然而眞的置身其中了又如何呢？「**及至歸來無一事**」，走了一遭美好人間，回過頭來，又有什麼改變呢？依然是「**廬山煙雨浙江潮**」，廬山的煙雨，還是煙雨，聚散依依，浙江的海潮，依舊來來去去，浪花滔滔。

從第一句「**廬山煙雨浙江潮**」到最後一句「**廬山煙雨浙江潮**」，看起來一樣，都是見山是山，見水是水，但不同的是心境的轉變，開頭第一句「**廬山煙雨浙江潮**」代表的是嚮往與追求的上進心，然而經過「**及至歸來無一事**」的歷煉，轉變爲「放心」。從上進心蛻化爲「放心」的關鍵是「**及至歸來無一事**」。

這句「**及至歸來無一事**」，讓我想到承天禪寺的廣欽老和尚，臨終前說的一句話：「**沒來沒去沒代誌**」。廣欽老和尚，是位得道高僧，「**無一事**」的意境是如此相似，所以說東坡這首詩是悟道詩，確實是當得起的。

東坡曾有詩：「**我本修行人，三世積精練。中間一念失，受此百年譴。**」這歷劫的一生至此畫下句點，可安住於清淨圓明本來面目去了。數百年後，明代憨山大師在《夢遊集》中有線索暗示，前世便是東坡，這又是另一個故事了。

掌中書 034

看懂蘇東坡嶺南詩文【下】

作　　者 —— 林嘉雯
叢書企畫 —— 蘇美嬌
編輯主編 —— 黃文瓊
責任編輯 —— 吳雨潔
封面設計 —— 姚孝慈
出 版 者 —— 五南圖書出版股份有限公司
發 行 人 —— 楊榮川
總 經 理 —— 楊士清
總 編 輯 —— 楊秀麗
地　　址 ——臺北市大安區 106 和平東路二段 339 號 4 樓
電　　話 ——02-27055066（代表號）
傳　　眞 ——02-27066100
劃撥帳號 ——01068953
戶　　名 ——五南圖書出版股份有限公司
網　　址 ——https://www.wunan.com.tw
電子郵件 ——wunan@wunan.com.tw
法律顧問 —— 林勝安律師
出版日期 —— 2025 年 2 月初版一刷
定　　價 —— 380 元

國家圖書館出版品預行編目資料

看懂蘇東坡嶺南詩文 / 林嘉雯著 . -- 初版 . -- 臺北市：
五南圖書出版股份有限公司 , 2025.02
冊；　公分 . -- (掌中書：033-034)
ISBN 978-626-423-082-7(上冊：平裝). --
ISBN 978-626-423-083-4(下冊：平裝)

1.CST：(宋) 蘇軾　2.CST：宋詩　3.CST：詩評

851.4516　　113020126